おにぎり、ちょうだい

ぽんぽこ もののけ陰陽師語り

高橋由太

角川文庫 17725

目次

目次イラスト／Ｔｏｂｉ

おにぎり、ちょうだい

ぽんぽこ もののけ陰陽師語り

第一章　鬼斬《おにぎ》り

1

祇園精舎《ぎおんしょうじゃ》の鐘の音が鳴り響く平安の世の話である。

白河《しらかわ》法皇は治天の君として、堀河《ほりかわ》、鳥羽《とば》、崇徳《すとく》の三代四十余年にわたり、自分の意のままに国政を動かしていた。その白河法皇の手に負えぬものがあった。

『賀茂川《かもがわ》の水、双六《すごろく》の賽《さい》、山法師《やまほうし》、これが朕《ちん》の心にかなわぬもの』

治天の君が嘆くほどに、京の町には大水が多かった。

京の人々を困らせたのは水害ばかりではない。度重なる火事は都を焼き尽くし、庶民の安楽な暮らしを奪った。

殊に、ほんの半月ほど前に起こった安元《あんげん》の大火は、平安時代最大の火災と呼ばれ、京の町に壊滅的な打撃を与えた。

貴族たちが栄華を誇る中、京の大路《おおじ》・小路《こうじ》には家を失った庶民たちが溢《あふ》れた。食い物を求め、山に逃げ出す民もいたが、多くの人々は都に住み慣れているだけに、どんなに飢えても京から離れようとしなかった。

そして、溢れたのは生身の人ばかりではない。老若男女、死因の如何《いかん》を問わず、道端には死骸《しがい》が転がっていた。

『死者ははなはだ多く、穢《けが》れが京中を覆う』

そんな日記を残した貴族もあった。穢れというのは死骸ばかりを指してはいないようである。魑魅魍魎《ちみもうりょう》の類《たぐい》を目にしたという日記も、数多く残っている。

大水や大火、そして、魑魅魍魎が跋扈《ばっこ》しようと、人々の暮らしは続き、都には物売りが溢れ、市が立っていた。荒れてはいるが、活気は失っていなかった。

朱雀門《すざくもん》から羅城門《らじょうもん》に向かって都の中央を走る朱雀大路は、貧乏人から公家《くげ》と雑多な人々で賑《にぎ》わっている。

十五歳になったばかりの相馬《そうま》鬼麿《おにまろ》は、朱雀大路の辻《つじ》を同い年くらいの美しい娘と歩いていた。黒一色の着物と袴姿《はかますがた》の鬼麿に対し、娘は純白の巫女《みこ》衣装のような着物を身につけている。

娘はしきりに鬼麿に話しかける。

「鬼麿様、ぽんぽこはお腹が空《す》きました」

美しい顔を台なしにする勢いで、娘——ぽんぽこは、ぐるるぐるるると腹の虫をうるさく鳴らしている。

鬼麿はぽんぽこに言う。

「食い物などない」

「たくさんございます」

狸娘《たぬきむすめ》が恨めしそうな顔を見せた。

ぽんぽこの言うことは嘘《うそ》ではない。市には魚や酒、米が溢れている。

早速、ぽんぽこの言葉を聞きつけて、安い濁り酒を売る酒売りや、二十歳《はたち》そこそこに見える餅《もち》売りの女が近づいて来た。どこぞの百姓の女房らしく、よく日焼けした顔に愛想笑いを張りつけながら、餅売りの女は言う。

「餅食わんかね？　安くしとくよ」

「お餅でございますか？」

ぽんぽこがうれしそうな顔をしたが、鬼麿は餅売りの女を追い払った。

「餅などいらぬ。あっちへ行け」

ケチな客に当たったと、悪態を吐きながら遠ざかって行く餅売りの女を見て、ぽんぽこが悲しそうな顔で抗議する。

「鬼麿様――」

「銭がないのだから仕方あるまい」

鬼麿は言ってやった。

鬼麿にしても、そろそろ三日もろくなものを口にしていない。しゃべることさえ億劫《おっくう》だった。腹の足しにならぬぽんぽこの話など聞きたくなかった。

鬼麿の言葉が聞こえたのか、集まりかけた物売りたちが散って行く。銭のない貧乏人に用などないのだろう。

「行ってしまいました……」

ぽんぽこの腹の虫が、いっそう悲しげに鳴る。

「黙っていろ。その方が腹は減らぬ」

しかし、狸《たぬき》娘は黙ってくれない。

「鬼麿様、ぽんぽこはすごいことを思い出しました」

真顔で話しかけて来た。

「すごいこととは何だ？」

あまり期待もせず、鬼麿は聞き返してみた。物心つく前からの付き合いなのだ。真面目な顔をされては聞き返さざるを得ない。

狸娘は言う。

「お腹をいっぱいにする方法でございます」

「ほう」

ほんの少しだけ期待する鬼麿を見て、ぽんぽこは自慢げに答える。

「お水をたくさん飲むと、すぐに満腹になります」

「それはよかったな」

鬼麿は力なく言った。ぽんぽこは真面目なだけに、他に答えようがない。

「しかしでございます、鬼麿様」

ぽんぽこはまだ話を続けるつもりであるらしい。話の長い狸娘である。

相槌《あいづち》を打つことすら面倒になって来た。

「お水を飲んでも、すぐにお腹は空いてしまうのでございます」

狸娘は悲しそうな顔を見せる。

「すまぬ。そのくらいで勘弁してくれぬか。これから仕事なのだ」

鬼麿は狸娘に謝った。ぽんぽこの話を聞いて、これ以上、疲れてしまっては仕事に差しつかえる。

「妖《あや》かし退治でございますね」

「鬼斬りと言ってくれぬか」

狸娘の言葉を修正する。〝妖かし〟〝妖怪《ようかい》〟という言葉は、鬼麿たちの間だけで通じる符丁のようなもので、平安の世にそんな言葉はない。

鬼麿は京の町で〝鬼斬《おにぎ》り〟と呼ばれる仕事をし、口を糊《のり》している。〝鬼〟と言っても、鬼麿が退治するのは妖怪の類ばかりではない。人に害をなす強盗や人殺しのような輩《やから》も成敗する。

「正義の味方でございますね」

「銭の味方だ」

正義も銭も同じようなものだと思いながら、鬼麿は狸娘に教えてやった。

貴族たちは穢れ――つまり、人の血が流れることを嫌う。

自らの手で、人に害をなす悪党を始末することはせず、金を出して、鬼麿のような貧乏人を雇うのが普通だった。

安元の大火の後、京の町に盗人《ぬすっと》どもが溢れた。火事で焼け出された人々の財産や女を盗もうと近隣から、よからぬ連中が集まって来ているのだ。銭のある者は自分の財産を守るため、高い金を払って腕の立つ者を雇った。

もちろん、腕が立つというだけで訳の分からぬ者を雇っても、餓狼《がろう》を家に招き入れるようなものである。しかし、信用できる者がそこらに転がっているわけではない。

必要のあるところに職は生まれる。

このごろ、平安の都には、口入屋《くにゅうや》という看板を掲げる連中が現れていた。

口入というのは、仲介、斡旋《あっせん》、口添えを意味する言葉だが、最近の都では、職の斡旋を生業《なりわい》とする連中を指すようになっていた。

羅城門近くの辻にも一軒の口入屋があった。

よほど儲《もう》かる職なのか、公家のような立派な屋敷の門に、金箔《きんぱく》で〝口入〟の文字が書かれ、さらに、〝口入〟の文字のすぐ下に、子供の落書きのような下手くそな狸の絵が描かれている。

今日も鬼麿は、ぽんぽこと二人、狸の口入屋へ行って来たばかりであった。簡単に仕事は見つかり、これから雇い主に会いに行くところだった。

「これからは、商売繁盛でございますね」

狸娘が人道に外れたことを、平然とした顔で言う。

「口を慎め」

鬼麿は言ってやったが、ぽんぽこの言うことは間違っていない。人々は腕の立つ鬼斬りを必要としていた。

大火の後、焼けた建物は直されることなく捨て置かれ、雨風に晒《さら》され、道端には、死骸《しがい》を埋めた土饅頭《どまんじゅう》がいくつも並んでいる。

埋めてもらえた死骸は、まだ幸運な方である。町の至るところに、死骸が野晒《のざら》しとなり、人を恐れぬ鴉《からす》や飢《う》えた野犬の餌《えさ》となっていた。

夜になると、その死骸どもが動き出し、人を喰《く》い殺し、翌朝には新しい死骸がいくつも道端に並んだ。

昼間は、わあわあと遊び回っている子供たちも、夕暮れが近づくに連れ、親の待つ家へと帰って行く。これまで以上に、人の子たちは闇を恐れた。

「化け物は人の肉が大好きですからね」

したり顔で、狸の口入屋《くにゅうや》の主人は言っていた。確かに、人の肉を好んで喰らう妖かしは多い。

「人というのは美味《おい》しいものなのでございましょうか？」

おかしな目つきで、ぽんぽこが鬼麿を見る。狸娘はぐるるぐるると腹の虫を鳴らし続けており、見ようによっては剣呑《けんのん》な目つきをしている。

「言っておくが、おれは食い物ではないぞ」

念のため、釘《くぎ》を刺しておいた。鬼麿にも、ぽんぽこが何をしでかすか想像もできなかった。

何しろ、このぽんぽこは人の子ではない。

「見ての通りの狸でございます」

と、ことあるたびに言うが、美しい京娘にしか見えぬぽんぽこのどこが「見ての通りの狸」なのか鬼麿には分からない。ときおり、しっぽを見せる以外、人の娘と変わりがなかった。

――半妖狸じゃ。

鬼麿を育ててくれた辻占《つじうらな》いの老婆は言っていた。

京の町では珍しくもないが、鬼麿は赤子のころに親に捨てられた。野犬の餌になりかけていたのを、辻占いの老婆が気まぐれを起こし拾ってくれたのだ。実際に拾ったのはぽんぽこらしいが、育ててくれたのは辻占いの老婆であろう。

また、鬼を斬る剣術を鬼麿に仕込んでくれたのも、この辻占いの老婆である。

辻占いの老婆の粗末な家には二人の若い娘がいる。そのうちの一人が、このぽんぽこである。

本物の狸かどうか知らぬが、ずっと十四、五の美しい娘のまま年をとる気配もないのだから、人の子ではないのだろう。狸らしく、ときおり、枯れ葉を頭に載せて、蛙だの燕《つばめ》だの様々なものに化けて見せたりもする。

ちなみに、その辻占いの老婆はすでにいない。ある日、突然、どこかへ行ってしまった。

とにかく、物心つく前から、鬼麿はぽんぽこと一緒に暮らしており、狸娘にも世話になっている。

「鬼麿様のご先祖様に助けて頂いたのでございます」

万事にいい加減なぽんぽこの言うことだけによく分からぬが、狸の恩返しよろしく、鬼麿を育ててくれたということらしい。

鬼麿は狸娘に言ってやる。

「世話になったのに、食おうとするのか？」

「鬼麿様は美味しそうでございます」

真面目な顔で、ぽんぽこが答えたとき、

嫋々《じょうじょう》――

――と、風が泣いた。

まだ五月になったばかりだというのに、やけに風が生暖かい。肌にじっとりと絡みつくような風だった。

嫋々と泣く風の音を嫌ったかのように、照っていたはずのお天道様《てんと》が、分厚い雲の陰に隠れた。いつの間にか町行く人々の姿も、煙のように消えている。

さらに、先刻まで並んで歩いていたはずの巫女《みこ》衣装の狸娘が、どこへともなく消えた。

「ぽんぽこ、どこへ行った？」

と、狸娘をさがす鬼麿の前に、粗末な身形《みなり》の盲目の法師が現れた。暗闇の中で、盲目の僧の姿は月のように白く浮き上がって見える。

盲目の法師は、琵琶《びわ》を爪弾《つまび》き、嫋々と音を鳴らしている。先刻から聞こえている音は、風の泣き声ではなく、琵琶の音であるらしい。

盲目の法師は鬼麿にざらりとした声で言う。

「まだ京におったのか？」

「他に行くところなんてない」

鬼麿は冷ややかに答えた。鬼麿はこの盲目の法師のことをよく知っている。文覚《もんがく》と呼ばれる法師で、武士であったころの俗名を遠藤盛遠《えんどうもりとお》という。

文覚は噂《うわさ》の多い法師である。

どこまで本当のことなのか分からぬが、文覚こと盛遠は平清盛《たいらのきよもり》の腹違いの弟として生まれたが、父である忠盛《ただもり》に疎まれ、遠藤の家に養子にやられたらしい。盛遠と呼ばれていた十九の文覚は腹を立て、忠盛と清盛を恨んだ挙げ句に遠藤の家を捨て、熊野《くまの》で盲目となるほどの荒行を積み、僧になったと言われている。荒行では、陰陽師《おんみようじ》を師としていたという噂もある。

文覚は鬼麿に言う。

「京の町は滅ぶ。早く出て行け」

会うたびに、文覚は同じ言葉を繰り返す。

平家は力を持ちすぎた。出る釘は打たれる。源氏が虎視眈々《こしたんたん》と平家の首を狙っていることは知っていた。都が戦火で塵灰《じんかい》となることもあり得るだろう。

なぜか、文覚は鬼麿につきまとう。不意に現れては、不吉な予言をするのだった。

「このまま京にいれば、きさまも死ぬ」

文覚はしつこい。ねばりつくような口調で鬼麿に言い続ける。

「馬鹿馬鹿しい」

鬼麿は鼻で笑ってやった。

文覚の予言を笑ったわけではない。ろくに食うこともできず、虫けらのようにただ生きているだけの鬼麿なのだ。いつ死んでもおかしくないし、そもそも死ぬことなど少しも怖くなかった。仮に源平の合戦が始まろうと、今より鬼麿の暮らしが貧しくなることは考えられぬ。

（それに——）

鬼麿は思う。

この年まで、鬼麿は〝鬼〟を斬って生きて来た。今さら、他の仕事ができるとは思えぬし、地べたを這《は》うように田畑を耕して暮らすのはごめんだった。

今は貧しいが、鬼斬りを続けていれば、貴族や名のある武士に召し抱えられることもあり得る。

猛《たけ》き者が栄え、武家にすぎぬ平清盛が太政大臣《だいじょう》となる世の中なのだ。京で屈指の剣術使いである鬼麿が大金をつかんでも、少しの不思議もなかろう。

「愚かな」

鬼麿の心の中を覗《のぞ》いたかのように文覚は言う。

京から離れるつもりはない。

鬼麿は盲目の法師に言ってやった。京の町で〝鬼〟を斬り大金を稼ぐことが、鬼麿の唯一《ただ》つの夢である。京から離れるつもりはない。

「何もかも失ってもいいのか？」

文覚は鬼麿に聞いた。

この言葉こそ馬鹿馬鹿しい。最初から鬼麿には何もありはしないのだ。

「下らぬ」

と、鼻で笑う鬼麿に、文覚は言う。

「目に見えるものだけが財産ではないぞ」

「何が言いたい？」

ぴくりと眉《まゆ》を上げる鬼麿に返事をせず、文覚は琵琶を、

嫋――――と、爪弾いた。

すると、野分《のわき》のような強い風が吹き荒《すさ》び、朱雀綾小路《すざくあやのこうじ》の辻《つじ》の砂を吹き上げた。砂嵐が鬼麿の視界を遮《さえぎ》る。剣士である鬼麿は、何よりも視界を奪われることを嫌う。

「何の真似だ、文覚ッ」

鬼麿は砂の向こうの文覚を怒鳴りつけた。

しかし、返事は戻って来ない。

一寸先も見えない砂嵐の中、嫋々たる琵琶の音だけが聞こえ続けている。文覚の琵琶の音を聞くたびに、なぜか、鬼麿の胸の奥が、ずきりと痛む。そのずきりはどこか懐かしい痛みだった。

「文覚、出て来いッ」

鬼麿の怒声が誰もいない都に響き渡る。

どんなに叫んでも鬼麿の声は誰にも届かない。砂嵐の中、鬼麿は立ち尽くすことしかできなかった。

どれほどの時が流れただろう。やがて砂嵐は収まり、琵琶の音も聞こえなくなり、そして文覚も姿を消していた。その代わりに、朱雀大路を歩く人々の姿が視界に戻り、狸娘の姿が鬼麿の隣に現れる。

砂まみれのぽんぽこが鬼麿に言う。

「ひどい風でございましたね」

何事もなかったかのように、ぽんぽこは腹を鳴らしている。

（またか）

鬼麿は音に出さぬように舌打ちする。

これまで何度も、文覚は鬼麿とぽんぽこの前に現れているが、狸娘はいつだって法師の姿を見ていないと言うのだ。ぽんぽこが嘘《うそ》をついているとは思えぬので、文覚の術なのだろう。

周囲の様子を見ても、文覚が現れる前と変わりがなかった。

先刻の餅《もち》売りの女は砂まみれになりながらも、平気な顔で餅を売り続け、酒売りは砂が入って駄目になってしまった濁り酒を恨めしそうな顔で見ている。見慣れた町の風景だった。

もしかすると、文覚の術などではなく、鬼麿一人が悪い夢を見ていたのかもしれない。

耳に残る琵琶の音を振り払うように、鬼麿は首を振った。

「どうか致しましたか、鬼麿様」

ぽんぽこが心配そうに鬼麿に聞く。

「そんなにお腹が空《す》いてしまったのでございますか？」

何か食い物はないかと、狸娘は自分の着物をさがすが、出て来たのは大きな枯れ葉が一枚だけであった。

「こんなものしかございませぬが」

ぽんぽこは枯れ葉を差し出す。

「枯れ葉を食えと言うのか？」

思わず聞き返した鬼麿に、ぽんぽこは小声で答える。

「葉っぱはあまり美味《おい》しくありません」

ぽんぽこは悲しそうな顔をする。この顔つきからすると、枯れ葉食いを試してみたことがあるらしい。見れば、枯れ葉に狸娘のものらしい歯形がついている。

「それは取っておけ」

悪気がないだけに、他に言いようがない。

ぽんぽこは鬼麿が腹を減らして元気をなくしていると決めつけ、しきりに鬼麿の顔を覗き込んでいる。

「気を遣うでない、ぽんぽこ」

鬼麿はぽんぽこに言ってやる。腹は減っているが、それはいつものことである。生まれてこの方、腹が減っていないときの方が珍しい。鬼麿にせよ、ぽんぽこにせよ、ろくに飯を食っていないのだ。

「鬼麿様、ぽんぽこはご飯をお腹いっぱい食べとうございます」

狸娘の腹が、ぐるると鳴った。

2

鬼麿を雇ったのは、京を根城に暗躍する盗賊・雨月院右京《うげついんうきょう》という男だった。これまでも、何度か口入屋《くにゅうや》を介して仕事を請け負っている。あまり好きな類《たぐい》の男ではないが、きちんと銭を払ってくれる右京は上得意と言える。

右京は、女のように髪を長く伸ばし、唇に紅を塗った妖艶《ようえん》な姿をしている。のどぼとけがなければ美しい女に見えぬこともない。

「化け物のように美しゅうございます」

ぽんぽこも言っていた。

とにかく、得体の知れぬ男である。

〝雨月院〟と名乗っているが、そんな名の貴族はいない。荒れ果てた京の町では珍しくもないことだが、おそらく、勝手に名乗っているのだろう。

京の都では氏素性を取り沙汰《ざた》されることが多いが、右京についても様々な噂が乱れ飛んでいる。天皇のご落胤《らくいん》という者もあれば、かつて羅城門に巣くっていた盗賊の子孫であるという噂もあった。

右京自身は何も語ろうとしないが、その物腰といい、顔つきといい、下人には見えぬ。それなりの血筋を引いているに違いあるまい。

右京は盗賊のくせに、京の外れに貴族のような大きい屋敷を持っている。右京のことを本物の貴族と思っている連中も多く、右京の屋敷の前にはいつも物売りの姿があった。

鬼麿は、その屋敷の中で、右京と対峙《たいじ》していた。ちなみに、ぽんぽこは屋敷の中に入ろうとせず、外の通りで顔見知りの三毛猫と遊んでいる。

下女らしき美しい女が持って来た上等の茶で喉《のど》を湿し、右京は女のような声で鬼麿に言う。

「盗人《ぬすっと》たちのせいで、町の人々が困っております」

自分だって盗賊の頭目のくせに、右京は真顔でそんなことを言った。冗談を言っているようには聞こえない。

真意を読もうと、右京を見つめても、やはり、何を考えているのか分からぬ。

黙り込んだ鬼麿を怪訝に思ったのだろう。右京が鬼麿に問いを投げかける。

「何か気になることでもあるのですか？」

気になることだらけだった。

貴族や武士が滅多に相手をしてくれぬ鬼麿の場合、雇い主が盗賊であることなど、少しも珍しくない。

実際今まで何度も鬼麿は右京のために働いている。用心棒のようなこともしたし、盗みの助《すけ》っ人《と》と変わらぬこともした。罪のない人々を傷つけることだけは避けて来たつもりだが、それも、いつまで避けられるか分かったものではない。

汚れた仕事を引き受けるたびに、ぽんぽこは困った顔を見せるが、選《よ》り好みをしていては、京の町では生きて行けぬのだから仕方がない。鬼麿が仕事を引き受けるかどうかの基準は、納得できるか否かではなく、銭をもらえるかどうかなのだ。

しかし、今回の仕事は訳が分からなかった。

鬼麿は右京に聞く。

「なぜ、あんたが銭を出すんだ？」

盗人たちを退治したところで、右京の懐には一銭たりとも入らない。それどころか、鬼麿に銭を払う分だけ損をする。

「なぜって、盗人どもから京を守りたいからですよ」

右京はするりと答える。

「あんたも盗人だろう？」

それも、邪魔者と見れば、相手が誰であろうと平気で殺す類の盗人である。右京の名を聞いただけで、京の人々は逃げ出す。

「気に入らぬなら自分で始末すればよかろう」

鬼麿は言ってやった。

右京は百人近い手下を持っている。余所者《よそもの》の盗人が邪魔なら、自分の手下に始末をつけさせればいいだけの話だ。それを躊躇《ためら》う男には見えない。誰がどう考えたって、この話には裏があるだろう。

「嫌なのですか？」

右京の声が冷たくなる。

「いや、余計なことを聞きすぎた」

鬼麿は言った。どんな裏があろうと、銭をもらえるかぎり、鬼だろうと人だろうと斬り捨てるのが鬼麿の仕事である。飢え死んで朱雀大路に屍《しかばね》を晒《さら》したくなければ、余計なことは聞かぬ方がいい。

「もう何も聞かぬ」

口を噤《つぐ》んだ鬼麿を見て、右京の顔にやさしげな笑みが戻った。金持ちはどいつもこいつも似たり寄ったりで、何も聞かず、自分の命令に従う者が好きなのだ。

駄目を押すように、右京は鬼麿に聞く。

「では、引き受けてくれるのですね？」

「もちろんだ」

鬼麿はうなずいた。

＊

右京の屋敷から出ると、日が暮れかかっていた。夕焼けで赤く染まった通りにはひとけがない。

ぽんぽこは右京の屋敷の外の通りで、痩《や》せこけた三毛猫相手に真面目な顔で、何やら話し込んでいる。

「火事というのは、恐ろしいものでございますねえ」

「ふにゃ」

「勝手に町を作った上に、不始末で火事を起こすなんて、人の子にも困ったものでございますねえ」

「にゃん」

三毛猫と二匹でため息をつき合った後、何やら思いついたという風情で狸娘は話を変える。

「——ときに、猫鍋《ねこなべ》というものをご存じでございますか？」

「にゃあ？」

「ぽんぽこも食べたことがございませんが、ほんの少しだけ興味がございます。ですから——」

話は尽きぬらしいが、鬼麿は一刻も早く右京の屋敷から離れたかった。引き受けてしまったが、どうにも右京の仕事は胡散《うさん》くさい。

鬼麿は狸娘に声をかける。

「用は済んだ」

「鬼麿様——」

と、何か言いかけたとき、ぽんぽこの髪の毛が妖気《ようき》を感じ取り、ぴん――――と、立った。

その刹那《せつな》、道端に並んだ土饅頭《どまんじゆう》を押し退《の》けるようにして、骸骨《がいこつ》のように痩せこけた鬼どもが地べたの下から姿を見せた。鬼麿たちの姿を見て、鬼どもは尖《とが》った歯を剝《む》き出しにする。

三毛猫が怯《おび》えて走り去り、ぽんぽこが鬼麿の背中に隠れる。

「鬼麿様、餓鬼でございます」

「またか」

鬼麿は舌打ちする。

餓鬼というのは六道の一つに数えられる餓鬼道に棲《す》み、常に飢えと渇きに苦しみ悩まされている鬼である。どこまで本当のことか分からぬが、現世に思いを残し、飢え死ぬと餓鬼になると言われている。

貴族や右京のような金持ち連中はともかく、荒れ地ばかりが広がる今の京の町で飢えていない者をさがす方が難しい。近い将来、鬼麿を含めたたいていの連中は、浅ましい餓鬼となるに違いあるまい。

次々と土饅頭から起き上がる皮と筋と骨ばかりの餓鬼の姿が、鬼麿にはおのれの行く末のように見えた。餓鬼となったおのれの姿が脳裏に思い浮かび、鬼麿は暗澹《あんたん》たる心持ちとなった。鬼麿のような鬼斬りには明るい明日などないのだ。

怨霊《おんりょう》の渦巻く京の町で、それも餓鬼を目の前にして、ぼんやりすることは命取りである。

「鬼麿様ッ」

ぽんぽこの声で、鬼麿が正気に戻ったときには、すでに二十四もの餓鬼に取り囲まれていた。

「ちッ」

刀を抜いたところで、すでに手遅れである。

鬼麿本人の剣術の腕前は、京の都では屈指と言われている。これまで何十匹、何百匹もの妖《あや》かしを斬り捨てた名うての鬼斬りなのだ。

しかし、物心ついたときから持っている鬼麿の刀は名刀ではあるまい。二十四もの餓鬼を相手にして、鬼麿の鈍刀《なまくらがたな》が保《も》つとは思えなかった。

ぽんぽこだけでも逃がそうと、餓鬼どもの隙《すき》をさがすが、さすがに数が多すぎる。

逃げ道などどこにもない。

しかも、刻一刻と餓鬼の数は増え続けている。追い詰められた人のにおいが、餓鬼を引き寄せているのかもしれぬ。

「鬼斬りをなめるなッ」

怒声を上げながら、鬼麿は刀を抜いた。

鬼麿の刀には、樋中《ひ》に〝ソハヤノツルキ〟、裏に〝ウツスナリ〟と書かれている。鬼麿は自分の刀を〝ソハヤノツルギ〟と呼んでいた。何も持っていない鬼麿にとっては、唯一、自分の物と言える刀である。

鬼麿はソハヤノツルギを走らせた。

「相馬蜉蝣《かげろう》流、風燕《かぜつばめ》」

ソハヤノツルギが燕のように舞い、疾風が起こるたびに、ばさりばさりと餓鬼が斬れて行く。鈍刀であるはずのソハヤノツルギは刃毀《はこぼ》れ一つせず、餓鬼どもを斬り裂いてくれる。

「鬼麿様、切りがありませぬ」

ぽんぽこが悲鳴を上げるように言った。

とうに二十四は斬ったはずなのに、鬼麿たちを取り囲む餓鬼どもの数は減っていない。

斬っても斬っても、次から次へと土中から餓鬼が現れ、鬼麿の体力を削って行くのだ。

ろくに食っていないということもあり、鬼麿の腕が動かなくなりつつあった。直に刀を持っていることすらできなくなるだろう。終わりとやらが近づいている。

滝のような汗を掻《か》く鬼麿を庇《かば》うように、ぽんぽこが前に出た。

「鬼麿様、ここはぽんぽこにお任せください」

と、狸娘が枯れ葉を頭に載せかけたとき、どこからともなく冷たい風が、
ぴゅう――

――と、吹いた。

瞬《まばた》きする間もなく、餓鬼どもの首が、ぽろりぽろりと地べたに落ちて行く。

こんなことができるのは、鬼麿の知るかぎり京に一人しかいない。あたりを窺《うかが》えば、通りの物陰に、幽《かす》かに人の気配があった。

「余計なことをするな、采女《うねめ》」

鬼麿は物陰に向かって怒鳴りつけた。

「せっかく助けてあげたのに」

青白い光の中、一人の美しい女剣士が姿を見せた。

女剣士――早乙女《さおとめ》采女は白い水干《すいかん》を身にまとい、腰まで届く黒髪を束ねもせず、さらさらと風に靡《なび》かせている。

鬼麿と同じく、辻占《つじうらな》いの老婆に拾われ、女の身であるのに鬼斬りを生業《なりわい》としている娘である。

鬼麿よりいくつか年上に見えるが、捨て子の悲しさで、正確な年齢は分からない。

ぽんぽこがしっぽを出さんばかりに騒ぎ始めた。

「采女様が助けてくださったのですね」

枯れ葉を頭にちょこんと載せたまま、うれしそうに女剣士にまとわりつく。ぽんぽこは采女のことを姉のように慕っている。

しかし、采女は厳しい口振りで、ぽんぽこを叱りつけた。

「人前で化けては駄目って言ったでしょう」

とたんに、青菜に塩、狸娘はしゅんとなってしまった。

「申し訳ございません」

平安の京の町に化け物は多いが、ぽんぽこのように人に害を及ぼさない妖かしは珍しい。

たいていの妖かしは人を喰《く》い、人々に嫌われていた。人前で派手に術を使えば、ぽんぽこも京の連中に目の仇《かたき》にされかねない。京の人々にとっては、妖かしは穢《けが》れそのもので忌むべき存在だった。実際、化け物征伐の名の下に、武士たちが山狩りをすることもあった。

「あなたがぼんやりしているから――」

と、鬼麿相手に采女が説教を始めかけたとき、
ぞわり――

――と、鳥肌が立った。

濃密な妖かしの気配に鬼麿の背中が凍りつく。

見れば、采女に首を落とされたはずの餓鬼が、いつの間にか、胴体だけで鬼麿たちを二重三重に取り囲んでいる。

「鬼麿様、采女様」

ぽんぽこは困った顔をする。

餓鬼のように、もともと人であった妖かしは、強い怨念《おんねん》を持てば持つほど人から離れていく。

首を斬り落としても滅することができぬとは、激しいまでに人の世を恨んで死んだ証《あかし》である。目の前の餓鬼どもは朽ちようと身体の動くかぎり、人の子たちを襲うだろう。

「油断したわ」

采女は言うが、油断したわけではなかろう。

鬼麿も采女も、京の町で、首を斬り落とされてまで動き回る餓鬼を見たのは初めてだった。

「京はどうなっちまったんだ」

鬼麿は独り言のように呟《つぶや》く。貴族どもの言葉ではないが、京の都が穢れに侵されつつあるように思えた。京の町は滅ぶという文覚の賤《いや》しき予言が頭に蘇《よみがえ》る。

しかし、今は町の心配よりも、自分たちの身を案じなければならない。采女は、再び、刀を抜くが、見れば刀の刃が毀《こぼ》れている。先刻、餓鬼の首を斬ったときに刃を傷めたのだろう。これでは使いものにならぬ。

鬼麿は采女とぽんぽこを庇うように、餓鬼どもの前に立ちはだかった。自分の命を捨てても、采女とぽんぽこを逃がすつもりだった。

鬼麿は二人の娘に言う。

「采女、ぽんぽこを連れて逃げろ」

「あなた一人を置いて行けるわけないでしょ」

刃が毀れて使いものにならぬ刀を采女は構えた。鬼麿と一緒に死ぬ気であるらしい。

「采女――」

言葉を重ねようとしたが、すでに手遅れであった。

首を失った餓鬼どもが、じりりじりりと距離を詰めて来る。餓鬼どもを斬り伏せるしか采女を救う方法はなかろう。

鬼麿は刀を抜くと、餓鬼どもの群れに斬りかかろうとした。

多勢に無勢。しかも、相手は妖かしの類《たぐい》である。鬼麿の勝ち目はなかろうが、采女の近くで死ねるなら、下人の死に方としては悪くないように思える。

しかし、ソハヤノツルギが餓鬼の血に汚れることはなかった。

鬼麿を遮るように、どこからともなく経文が書かれた巻物が、ひらり——

——と、飛んで来た。

しゅるりしゅるりと巻物は解き放たれ、墨滴黒々と書かれた経文が、雨上がりの虹《にじ》のように平安の空へと広がって行く。あっという間に、空いっぱいに経文の救いの文字が広がった。

やがて、経文を顔中に巻いた童子が現れた。童子は漆黒の闇色《やみいろ》の僧衣を身にまとい、餓鬼どもの前に立っている。

新しい獲物とばかりに、餓鬼どもは童子に襲いかかる。

「危のうございますッ」

ぽんぽこが叫ぶが、耳が聞こえぬのか童子は見向きもしない。

鬼麿や采女と違い、経文の童子は丸腰である。飢えた餓鬼どもを相手にするのは無謀であろう。

鬼麿は童子の助けに入ろうと足を踏み出すが、到底、間に合う距離ではない。餓鬼どもは童子を喰らおうと牙を剝き出しにする。

おのれに殺到して来る餓鬼どもを見て、童子は独楽《こま》のように、くるりと身体を一回転させた。

「何をなさっているのでしょうか？」

首をかしげる狸娘を尻目に、童子の袖口《そでぐち》から経文の書かれた巻物が、
しゅるり――

――と、飛び出した。

みるみるうちに、経文は餓鬼どもの身体に巻きついた。

餓鬼どもは経文から逃れようともがくが、もがけばもがくほど経文は巻きついて行く。鬼麿の目には、経文の文字そのものが、餓鬼どもの身体を搦《から》め捕っているように見える。

童子の袖口から伸びる経文に巻きつかれ、餓鬼どもの動きが止まったとき、五芒星《ごぼうせい》の紋を染めた白い狩衣《かりぎぬ》に烏帽子《えぼし》を被《かぶ》った狐顔の男が現れた。狐のように目がつつんと吊り上がっているものの、整った顔立ちは育ちのいい公家《くげ》といった風情である。

「きさま――」

鬼麿が言葉をかけるより早く、五芒星の男の口が開く。

「炎《えん》」

〝呪《しゅ》〟が零《こぼ》れ落ちた。

五芒星の男の声を吸い込み、経文の文字から紅蓮《ぐれん》の炎が噴き出た。紅蓮の炎に呑《の》み込まれるように、餓鬼どもが燃え始める。

しかし、まだ決着はついていない。

一切の痛みや苦しみから解き放たれている死人《しびと》だけあって、餓鬼どもは炎に包まれながらも、童子や五芒星の男に襲いかかろうとする。

「しつこい男は嫌われます」

五芒星の男ははんなりとした京言葉で言うと、懐から、ひらりと一枚の護符を取り出した。護符には『死霊断御秘符』と書かれている。

「恨みを呑んで死んだ人の霊を祓《はら》う護符ですわ」

誰に言うでもなく呟くと、五芒星の男は餓鬼どもを目がけて護符を投げつけた。

ひらひらと胡蝶《こちょう》のように護符は舞い、野原の花で羽を休めるように餓鬼どもの身体にとまった。

護符に触れたとたん、餓鬼どもの身体が紅蓮の炎ごと灰になる。

五芒星の男はどこからともなく取り出した扇を広げると、灰となった餓鬼どもを目がけ、そよりと風を送った。

「偏《ひとえ》に風の前の塵《ちり》に同じ」

五芒星の男は呟いた。

瞬く間に灰は塵となり、京の町に儚《はかな》く散って行った。何十四もいたはずの餓鬼は一匹も残っていない。

五芒星の男は、軽い調子で童子に命じる。

「戻っておいで、経凜々《きょうりんりん》」

童子――経凜々は飛び上がると、五芒星の男の右肩にふわりと乗った。

経凜々は、その名の通り、経文の妖《あや》かしである。昔、疫病にかかった僧の夢枕に現れ、僧の命を救ったと言われている。経凜々が姿を見せるのは、吉兆とも言われているが、本当のところは分からない。

鬼麿の知るかぎり、京の都では、安倍晴明《あべのせいめい》を祖とする安倍家の式神《しきがみ》として名が通っている。

目の前にいる五芒星の男も京では有名である。公家連中に疎い鬼麿や采女たちでさえ、この男のことは知っていた。

「助かりました、泰親《やすちか》様」

丁寧に頭を下げる采女を見て、五芒星の男は、いかにも胡散《うさん》くさい笑顔を見せた。

「お安いご用でおます」

安倍泰親。

稀代《きだい》の陰陽師《おんみようじ》である安倍晴明の五代目の子孫にあたる。平安の京では、〝陰陽師の孫〟と呼ばれていた。

年をとらぬと言われた安倍晴明の血を引くだけあって、六十歳をゆうに超えているはずなのに、二十歳《はたち》そこそこの外見をしている。若いころに一度死んだが、陰陽師の秘術で現世に蘇《よみがえ》って来たという噂もある。

また、後白河《ごしらかわ》法皇に仕えているという噂を耳にしたこともあるが、いつ見ても、ふらふらと京の都を遊び歩いている。

安倍晴明を超える稀代の陰陽師と言う者もあれば、ただの怠け者と言い切る者もあった。経凜々を式神としているところを見ると、一角《ひとかど》の陰陽師に見えぬこともないが、如何《いかん》せん泰親という男には威厳というものがない。

今も、泰親はへらへらと笑っている。

「采女はん、そない他人行儀なこと言わんといて」

相変わらず泰親は軽い。

「どこをどう見ても他人だろ」

鬼麿は言ってやる。身分が違おうと、安倍晴明の血を引いていようと、泰親には丁寧な言葉を使う気になれない。正直なところ、女好きの愚か者にしか見えなかった。

「なんや、鬼麿はんもいてはったのか」

鬼麿など助けなければよかったと言わんばかりの顔をする。男など陰陽師の眼中にないようだ。

「助けてくれと言ったおぼえはない」

鬼麿は泰親に言ってやった。

「口の減らん子供やなあ」

泰親は言うと、再び、采女に向き直った。

そして、真面目な顔で、采女に言葉をかける。

「鬼斬りなんて物騒な仕事はやめて、一緒に暮らしまへんか」

この陰陽師ときたら、顔を合わせるたびに采女に言い寄るのだ。

「ご遠慮申し上げます」

手慣れた仕草で、采女は陰陽師をあっさり袖にした。采女が誰と一緒になろうと自分には関係ないはずなのに、なぜか、鬼麿は胸を撫《な》で下ろす。

「つれない女子《おなご》はんやなあ」

がっくりと肩を落とす泰親の頭を童子姿の経凜々が撫でている。式神に慰められる陰陽師も珍しい。

「泰親様、泰親様」

と、それまで黙っていた狸娘が口を挟む。

「なんや、ぽんぽこちゃんが嫁に来てくれはるのか？」

泰親が急に元気づく。この陰陽師ときたら、美しい娘であれば誰でもいいらしい。

しかし、狸娘の口から飛び出したのは、色恋とは無縁の言葉だった。

「泰親様、ぽんぽこはお腹が空《す》きました」

狸娘の腹が、ぐるると鳴った。

＊

京の町並みは碁盤の目のように分かりやすい。最北に御所を置き、そこから一条、二条、三条と並んでいる。おかげで、山育ちの鬼麿も、道に迷うことはなかった。

泰親の屋敷は洛北《らくほく》の一条堀川《いちじょうほりかわ》の外れにある。御所に何かあったときに、すぐ駆けつけられるためと言われている。

名の売れた陰陽師の子孫の家にしては手狭な上に、ろくに手入れをしていないのか、やたらとみすぼらしい。庭は雑草が子供の背丈ほどにまで伸び、鬱蒼《うっそう》としている。どこをどう見ても貴人の住む屋敷ではない。

「お嫁さん、おらんからな」

泰親は寂しげに呟く。

妻女どころか下人もおらず、文字通り泰親一人きりで、この広い屋敷で暮らしているらしい。

ちなみに、このとき、鬼麿たちは屋敷の門の前に立っていたが、誰一人どころか野犬の一匹も見かけず、砂ぼこりだけが静かに舞っている。洛中《らくちゅう》とは見えぬほどの寂れようだった。

それも当然のことで、得体の知れない式神を操る陰陽師の屋敷に近寄りたがる物好きはいまい。

天皇を始めとする貴人たちにしても、陰陽師の不思議な力を利用するばかりで、泰親の屋敷にやって来ることはなかった。

「嫌われてるな、泰親」

鬼麿は言ってやった。

泰親の祖先である安倍晴明にも同じような話がある。

美しい女を娶《めと》ったものの、妻が式神に怯《おび》え離縁すると言い出し、困り果てた安倍晴明は式神を一条戻橋《いちじょうもどりばし》の下に隠したという。安倍晴明の時代から、陰陽師は女に苦労しているらしい。

安倍晴明の母が妖狐《ようこ》というのは有名な話だが、かつて泰親にも狐の恋人がいたという噂がある。

そのため、いっそう泰親は縁遠くなった。狐と恋に落ちる陰陽師と一緒になりたがる女はいまい。

「泰親様は、かわいそうな人なのでございますね」

ぽんぽこは本当のことを言ってしまった。

陰陽師の屋敷の中に入るのは初めてだった。

鬼の姿をした式神の一匹でもいるかと思ったが、屋敷の中は寒々しいばかりに静まり返っていた。

寒々しいのは、人の気配がないだけが理由ではない。

「何もない屋敷でございますね」

ぽんぽこががっかりしたように呟《つぶや》いた。

そこら中に、雪月花をあしらった和鏡が置かれているが、その他はろくな家具もなく、屋敷全体ががらんとしている。

貴人の屋敷らしく、簾《すだれ》が吊《つ》ってあるが、そよそよと風に戦《そよ》ぐばかりで、およそ雅《みやび》とは縁遠い風情である。

采女が泰親に聞く。

「こんな屋敷に一人で住んでいるのですか？」

「采女はん、一緒に住んでくれまへん？」

例によって、泰親が采女を口説き始めると、狸娘が口を挟んだ。

「泰親様、ご馳走《ちそう》は大丈夫でございますか？」

ぽんぽことときたら、餓鬼どもに囲まれたときよりも不安そうな顔をしている。確かに、この屋敷の様子では、食い物などないように思える。

「心配いりまへん」

美しい娘に話しかけられてうれしいのか、泰親はにこやかに答えた。

「本当でございますか？」

ぽんぽこは疑《うたぐ》り深い。

「信用おまへんなあ」

泰親は嘆くと、花模様をあしらった鏡の前まで歩いた。そして、人を呼ぶかのように、

ぱんッ――

――と、手を鳴らした。

とたんに、石を投げ込んだ水面のように、花模様の鏡の鏡面が、

ぐにゃり――

――と、歪《ゆが》む。

瞬《まばた》きする間もなく、花模様の鏡の中から、二十歳《はたち》そこそこの美しい女が出て来た。

「花姫《はなひめ》でおます」

泰親が花模様の女――花姫を紹介した。

「よろしくお願いします」

おとなしい女らしく花姫は頬を軽く染め、鬼麿たちの視線に困ったように、はにかんでいる。式神《しきがみ》であろうことは想像できるが、花姫の佇《たたず》まいは、今どきとは思えぬほど古風で、しかも美しい。

ぽんぽこが目を丸くして、陰陽師《おんみょうじ》に聞く。

「泰親様のお嫁様でございますか？」

狸娘の質問に答えたのは花姫だった。

「まさか」

泰親の嫁と言われたのが心外なのか、花姫は眉間《みけん》に皺《しわ》を寄せた。泰親の嫁になどなるかと言わんばかりである。

「またしても、ふられてしまいました」

悲しげに、ぽんぽこは言った。

＊

泰親の屋敷の夕餉《ゆうげ》は、賑《にぎ》やかなものになった。

海の幸、山の幸が並ぶ中、雪姫《ゆきひめ》、月姫《つきひめ》、花姫という三人の美姫《びき》が、ひらりひらりと舞い踊っている。言うまでもなく、三人とも泰親の式神である。普段は鏡の中に棲《す》んでいるという。

「式神まで女なのか？」

鬼麿は言ってやった。

「屋敷に男はいりまへん」

当たり前のことを聞くなとばかりに、泰親は言い放った。泰親の言葉に嘘《うそ》はなく、餓鬼どもを退治してくれた経凜々の姿は見えない。

「泰親様、こんなご馳走を……」

滅多にお目にかかれぬ豪勢な食い物を見ながら、采女が困っている。

「気にすることはない」

鬼麿は言ってやった。目の前のご馳走は式神を使い、どこぞの山や海から持って来たものだろう。一銭の金もかかっていまい。

一方、狸娘は口いっぱいに食い物を詰め込んだまま、采女に言う。

「うへめ様、おいひゅうござひます」

遠慮を知らぬ狸娘に、鬼麿は言う。

「ぽんぽこ、おぬしは少し気にした方がよいぞ」

「気にすることおまへん」

葡萄《ぶどう》を抓《つま》みながら、泰親が口を挟んだ。もっと食えと言わんばかりに、料理の皿をぽんぽこの前に並べる。

うれしそうな顔で狸娘は泰親に言う。

「泰親様は太った腹でございます」

「……ぽんぽこちゃん、それを言うなら『太っ腹』でおます」

狸娘と陰陽師の間抜けなやり取りを尻目《しりめ》に、鬼麿は冷たい声で泰親に聞く。

「何を企《たくら》んでいる？」

ぽんぽこや采女にならともかく、何の意味もなく鬼麿に飯を食わせる泰親ではあるまい。

「企むなんて、人聞きが悪うおますな」

泰親は苦笑いを浮かべるが、陰陽師の目は笑っていない。いっそう狐に似て見える。どこをどう見ても、人を騙《だま》す悪い狐の顔だ。

鬼麿は胡散《うさん》くさい陰陽師に言葉を重ねる。

「言いたいことがあるなら、さっさと言え。飯を食い終わったら帰るぞ」

「侍はんは短気であきまへんなあ……」

ため息をつきながらも、泰親は鬼麿に言った。

「お願いがありますねん」

3

ぽんぽことともに好き勝手に飲み食いした後、陰陽師の屋敷の外に出ると、冷めたい風が吹いていた。

「泰親様のせいで、遅くなってしまいました」

鬼麿の倍は食ったであろう狸娘が何やら言っている。泰親のせいではなく、ぽんぽこがいつまでも食っていたせいで帰りが遅くなったのだ。

しかし、今回にかぎっては鬼麿も文句を言いたい。

「けちな男だ」

鬼麿も言ってやった。泰親は飯を食わせた見返りとして、鬼麿に川鬼退治という面倒な仕事を押しつけたのだった。

——手伝ってな、鬼麿はん。

泰親は言っていた。

聞けば、川鬼退治は後白河法皇直々に、泰親が命じられた仕事だった。本当かどうか分かったものではないが、首尾よく川鬼を京の都から駆逐した暁には、後白河法皇から大金がもらえるらしい。面倒くさいが、分け前を考えれば悪い話ではなかろう。

「川鬼というのは強いのですか、鬼麿様」

ぽんぽこが聞く。ご馳走《ちそう》を食うことに夢中で、ろくに泰親の話を聞いていなかったようだ。

「厄介な連中らしいな」

鬼麿は教えてやる。京の都で川鬼を知らぬ者はいないであろう。

川に捨てられた死骸《しがい》が鬼となったものを〝川鬼〟と呼ぶ。

死骸を道端に埋める連中は、まだまともな方で、たいていは川に捨てる。そのため、京の川には死骸が溢《あふ》れていた。

貴人の家の前に流れついた死骸を棒で遠ざけるのが、下人たちの仕事となっているほどである。ただの死骸であればよいが、中にはすでに川鬼と化しているものもあり、下人たちを川の中へと引き込むのだった。溺れ死んだ挙げ句、川鬼と化した下人は一人や二人ではないという。

流れて来る死骸は、日を追うごとに増えていた。ろくに供養もしてもらえず、芥《あくた》のように川に捨てられるのだから、成仏できずに鬼と化すのも当然であろう。鬼斬りを頼らなければならぬほどに、川鬼は増えている。

しかし、納得できぬらしくぽんぽこは首をひねっている。

「川鬼は泰親様よりも強いのでしょうか？」

一瞬で餓鬼を倒すところを見ているのだから、当然の疑問であろう。

「どうだかな」

鬼麿は呟《つぶや》いた。

陰陽師が川鬼より強かろうと関係がない。鬼斬りは与えられた仕事をこなしていればいいのだ。

＊

鬼麿たちが住んでいる家は、洛外《らくがい》――愛宕山《あたごやま》近くの山野にある。家と言っても、適当に木を組んだだけの粗末な小屋にすぎず、夜露さえろくに凌《しの》げなかった。大風が吹くと小屋は壊れ、そのたびに、鬼麿たちは直すのだった。

辻占《つじうら》いの老婆が姿を消してから、鬼麿は采女とぽんぽこの三人だけで、この粗末な小屋で暮らしている。

そもそも愛宕山は天狗《てんぐ》の棲む魔物の山で、人の住むところではない。

平安京は四神相応《しじんそうおう》の地、つまり、青龍《せいりょう》、白虎《びゃっこ》、朱雀、玄武《げんぶ》を仰ぐ、官位・福禄《ふくろく》・無病・長寿をあわせ持つ地相である。都にいるかぎり、人々は四神に守られていると考えるのだ。

貴人たちは京の都から離れると、穢《けが》れをまとうことになると考えていた。だから、大火があろうと餓鬼や川鬼が跋扈《ばっこ》しようと、内裏のそばから離れようとしない。

山野に住む鬼麿などは、人のうちにも見られていないだろう。常に血を流す鬼斬り風情は、京の人々にとっては穢れそのもので、鬼麿の姿を見ると、逃げ出す者さえいた。しかし、鬼麿にしても、好きで鬼斬りをやっているわけではない。

「せめて人の住む町で暮らしたいものだ」

毎日のように鬼麿は呟く。貧しい暮らしから抜け出せない自分が歯がゆくて仕方がなかった。

采女が鬼麿に返す言葉も同じだった。

「山の方が気楽でいいわ」

鬼麿には采女の考えていることが分からない。どう足掻《あが》いても貧しい暮らしから抜け出せぬ鬼麿と違い、身分を問わず美しい采女に言い寄る男どもは多い。首を縦に振るだけで、食うや食わずの貧しい山小屋暮らしから逃れられるのに、采女は男どもを袖《そで》にしてばかりいる。

「なぜ、袖にする？　そのうち誰にも相手にされなくなるぞ」

鬼麿の言葉に、采女は穏やかな笑みを浮かべ言い返す。

「誰にも相手にしてもらえなくなったら、鬼麿のお嫁さんにしてもらうわ」

思いも寄らぬ采女の言葉に、頬が赤らむのが自分でも分かった。采女と夫婦《めおと》になった自分の姿が、鬼麿の脳裏に思い浮かぶ。

「誰が采女なんか――」

鬼麿がむきになって言い返しかけたとき、再び、ぽんぽこの髪の毛が、

ぴん――――

――と、立った。

ぽんぽこの声が鬼麿の耳を打つ。

「妖気《ようき》でございます、鬼麿様。小屋の中にとんでもない化け物がおります」

山の中では妖力が上がるのか、それとも警戒心が強くなるのか、狸娘は妖怪の出没に敏感になっている。

無言のまま、鬼麿と采女は腰の刀に手を伸ばした。夫婦よりも妖《あや》かし相手に戦っている方が、二人には似合っているのかもしれぬ。

ソハヤノツルギを片手に、小屋に飛び込もうとする鬼麿を狸娘が制した。

「お待ちください」

「ん？」

「先手必勝でございます。小屋ごと燃やしてしまいましょう」

ぽんぽこは乱暴なことを言い出す。人でなしの狸娘だけに、小屋どころか愛宕山ごと燃やしかねない。

しかし、小屋を燃やすこと自体には、鬼麿にも采女にも異論はない。住み慣れた家と言ったところで、ろくに物はないし、小屋など作り直せばいい。これまで、何度も作り直している小屋だけに、何の未練もなかった。

「よし。ぽんぽこ、燃やしてくれ」

鬼麿は言った。

「あい」

ぽんぽこはうなずくと、懐から大きな枯れ葉を取り出した。

ちょこんと枯れ葉を頭に載せ、狸娘は「ぽんぽこッ」と訳の分からぬ呪文《じゅもん》を唱えた。

どろんと白い煙が上がり、あっという間にぽんぽこの姿を覆い隠した。

やがて、白い煙が晴れると、狸娘は大きな火打ち石と変わっていた。

かちかち山よろしく、ぽんぽこは火をつけようと火打ち石を打ちつける。

狸娘の声が聞こえたのだろう。小屋の中から、四十がらみに見える厳《いか》つい山伏姿の男が出て来た。もちろん、人の子ではない。

見れば、山伏姿の男は、顔赤く、鼻高く、そして背中には鳶《とんび》のもののような翼を持っている。

「乱暴はいかんぞ」

男は狸娘に言った。

「乱暴なのはおまえの方だろ、太郎坊《たろうぼう》」

鬼麿は男――太郎坊天狗に言ってやった。

太郎坊天狗は、各地に散らばる〝天狗の総領〟と呼ばれる大天狗である。ぽんぽこの髪の毛が、いつもより激しく立つほどの妖力を持っている。

安元の大火を起こしたのは、この太郎坊天狗のしわざと噂され、都では〝太郎焼亡《たろうじようもう》〟と呼ばれていた。

鬼麿は太郎坊天狗に聞く。

「都を燃やして、どうするつもりだ？」

「火事は危のうございます」

いつの間にか娘の姿に戻ったぽんぽこが真面目な顔で言った。火打ち石に化け、小屋に火をつけようとしたことをすでに忘れているらしい。

「拙僧は何もやってないぞ」

憮然《ぶぜん》とした顔で、太郎坊天狗は言う。

たいていの妖かしと同じく、人の町を燃やすことを悪いと思っていないのだから、太郎坊天狗の言葉は嘘《うそ》ではなかろう。火事を起こしたなら、隠すことなく言うはずである。そもそも、太郎坊天狗は修行の他に興味のない妖かしで、よほどの理由がないかぎり、人の子と関わりはしない。

「どうでもいいさ。京が燃えようと、おれには何の関係もない」

鬼麿は言うと、改めて太郎坊天狗に聞く。

「何か用か？」

用がなければ、大天狗がこんな山小屋に来るわけがない。

太郎坊天狗はうなずくと、鬼麿に言った。

「おぬしに頼みがある。鬼火天狗をさがしてくれぬか」

「鬼火天狗だと？」

面倒な天狗の名を耳にして、鬼麿は顔を顰《しか》める。

人にいろいろあるように、天狗も様々である。太郎坊天狗のように、人の世に関心を抱かず、一心に山伏の修行をして暮らすものもいれば、人に仇《あだ》なすことを無上の喜びとする剣呑《けんのん》な連中もいる。

鬼火天狗も、人の世を嫌う剣呑な天狗の一匹だった。

〝鎮火神社〟とも呼ばれている愛宕神社を持つ愛宕山は、火伏《ひぶせ》の神を祀《まつ》る神域としても名高い。法力《ほうりき》を身につけようと、全国から天狗どもが修行に集まって来る。

厳しい修行に耐える太郎坊天狗のようなものもいれば、修行を投げ出し外道《げどう》に堕《お》ちたものもいる。

鬼火天狗というのは厳しい修行に耐え切れず、一人前になれなかった半端者の天狗の名である。

半端者の天狗たちは行き場もなく、鬱憤《うっぷん》を晴らすため、火伏の神にあてつけるように、町に火をつけて回るという。太郎坊天狗の言葉を信じるなら、安元の大火は鬼火天狗のしわざであるらしい。

「放っておけばよかろう」

鬼麿は言ってやった。

愛宕山から出て行ったのだから、もはや太郎坊天狗には関係あるまい。

「そうも行かぬのだ」

太郎坊天狗は苦い顔を見せた。

都が燃えようと知ったことではなかろうが、下手人扱いされるのは迷惑なのだろう。その気持ちも分からぬではない。しかし、面倒な仕事を押しつけられるのはごめんだった。

「自分で退治しろ、太郎坊」

鬼麿は言った。

すでに、右京と泰親の仕事を引き受けている。しかも、妖かしからの依頼では銭にならぬ。銭にならぬ仕事を引き受けていては、ただでさえ、ろくに食えぬ鬼麿たちの顎《あご》が干上がってしまう。采女やぽんぽこを飢えさせるわけにはいかない。

「さがしてくれればよい。退治は拙僧がする」

太郎坊天狗は言った。

鬼火天狗が山にいるのなら、天狗の総領である太郎坊天狗のこと、見つけることなど造作もない。

しかし、鬼火天狗が荒らし回っているのは、人の住む洛中《らくちゅう》である。太郎坊天狗が派手に動き回れば騒動となろう。騒ぎを嫌う太郎坊天狗が表に出たがらぬのも当然である。

一歩も退《ひ》きそうにない太郎坊天狗を見て、鬼麿はため息をつく。太郎坊天狗の縄張りである愛宕山で暮らしている以上、無下に断ることもできまい。愛宕山を追い出されては、行き場がなくなる。

「見つけられるか分からぬぞ」

鬼麿は言った。

こうして、盗賊、川鬼退治、さらには、鬼火天狗さがしまで、鬼麿は請け負うことになったのであった。

第二章　陰陽師

1

「なんで、鬼麿《おにまろ》はんまで来はるんですの？」

泰親《やすちか》は露骨に嫌な顔をする。

太郎坊天狗に仕事を押しつけられた翌日、鬼麿とぽんぽこ、それに采女《うねめ》は、再び、一条堀川の外れにある陰陽師《おんみょうじ》の屋敷にやって来ていた。陰陽師の承諾は得ていないが、しばらくの間、この屋敷に泊まり込むつもりでいる。

「気にするな。しばらく寝泊まりするだけだ」

鬼麿は泰親に言った。

「気にするなって、鬼麿はん、あんたなあ……」

泰親はため息をついている。

鬼麿が退治するべき盗賊も川鬼も鬼火天狗《てんぐ》も、洛中《らくちゅう》に出没するのだから、愛宕山《あたごやま》にいては埒《らち》が明かない。

「他に泊まる場所がないのだから、仕方あるまい」

鬼麿は泰親に言ってやった。

「鬼麿はんはいらんのに……」

「そう言うな」

鬼麿は陰陽師を宥《なだ》めた。

正直なところ、鬼麿一人であれば野宿でもすればいい。ぽんぽこと采女の身を案じて、鬼麿は泰親の屋敷にやって来たのだ。川鬼、鬼火天狗と妖《あや》かしどもが跋扈《ばっこ》する京の都で、采女に野宿させるわけにはいかぬ。

「困ったお人や」

不満顔の泰親に采女は頭を下げる。

「泰親様、こんなに大勢で押しかけて、申し訳ございません」

采女が困った顔をしている。いつだって采女は姉面をして、鬼麿を子供扱いするのだ。

腹の立つことに、妖かし斬《ぎ》りの腕前も采女の方が上だった。子供扱いされても文句は言えない。考えてみれば、腕の劣る鬼麿が手練《てだ》れの采女の身を案じているのだから、滑稽《こっけい》なのかもしれぬ。

ちなみに、鬼麿も采女も〝鬼斬り〟つまり〝妖かし斬り〟を名乗っているが、〝鬼〟や〝悪霊〟という言葉は知っていても、〝妖かし〟という言葉を知る者は平安の世にはいない。

鬼麿と采女を拾ってくれた辻占《つじうらな》いの老婆が、化け物どものことを〝妖かし〟と呼んでいたのである。平安の都では聞いたことのない言葉だが、訳の分からぬ〝妖しい連中〟という意味なのだろう。

（訳の分からぬ連中か）

鬼麿は唇を歪める。

平氏にあらずんば人にあらず。

ましてや、官位どころか職もなく、狸娘《たぬきむすめ》と一緒に山野に棲《す》む鬼麿も、京の連中にしてみれば、〝妖かし〟なのかもしれぬ。

利用するつもりであろうと、下人以下の鬼斬り風情の鬼麿や采女と対等に話してくれる泰親は、いい男《やつ》なのだろう。采女が頭を下げる気持ちも分かる。

采女に面と向かって礼を言われて照れたのか、泰親が話を逸《そ》らすように口を開いた。

「ぽんぽこちゃん、どこに行きはったん？」

そう言われてみれば、一緒に陰陽師の屋敷に来たはずの狸娘の姿が見えない。

「庭にいると思うわ」

采女は答える。

「ふらふらしおって、困った狸娘だ」

鬼麿は眉《まゆ》を顰《ひそ》めた。

狸娘だけあって、ぽんぽこはふらふらと勝手気ままに歩き回る癖があった。

勝手気ままなのは行動だけでなく、ぽんぽこときたら、「五百年ほど先に行って参りました」と、いい加減なことを言うのも、しばしばである。明日さえ分からぬ身なのに、五百年後など想像もつかない。

ため息をついていると、屋敷の庭のあたりから狸娘の声が聞こえて来た。

「鬼麿様、大変でございますッ。化け物が現れましたッ」

使い慣れた刀を手に、鬼麿は屋敷を飛び出した。

＊

ぽんぽこの姿を求めて屋敷から出て見ると、いつの間にやら雨が降っていた。

視界の悪い雨の日には、官都の正門である羅城門《らじょうもん》が幻のように見えることがあった。

今の世に羅城門は存在せず、その名だけが昔話のように残っている。

羅城門の興亡は、平安京の都そのものを象徴しているようであった。

もともと、羅城門は洛内《らくない》に入ろうとする疫神をくい止めるために、羅城御贖《みあが》・羅城祭などの神事を執り行う場であり、上層には兜跋毘沙門天《とばつびしゃもんてん》が置かれ、京に仇《あだ》なすものの侵入を防いでいた。

しかし、弘仁《こうにん》七年、西暦でいうところの八一六年に大風で倒壊すると、以来、再建するたびに壊れ、藤原道長《ふじわらのみちなが》の時代には放置されるようになっていた。

今となっては羅城門に建物はなく、礎石のみしか残っていない。かつて京の都の象徴とまで言われた羅城門は死骸《しがい》の捨て場となり、不恰好に肥えた鴉《からす》の棲み処《か》と化している。

鬼麿が生まれたときには、すでに跡形もなかった。

遠い昔に残骸となり、姿すら知らぬはずの羅城門が、鬼麿の目には見えるのだ。羅城門が見えるたびに、鬼麿は物思いに耽《ふけ》る。

〝鬼の棲み処〟

羅城門に棲みついた鬼・茨木童子《いばらきどうじ》と渡辺綱《わたなべのつな》の戦いを、知らぬ京童《きょうわらべ》はいない。鬼麿は茨木童子のことを思う。

鬼子が捨てられるのは世の習い——。話に聞く茨木童子も親に捨てられている。鬼として生まれたがゆえに親に捨てられ、退治されているのだ。

鬼麿が捨てられたのも、茨木童子と同様、鬼だったからなのかもしれない。だから、鬼の棲み処である羅城門が見えるのだろう。

「鬼麿様、大変でございますッ」

狸娘の声が、物思いに沈む鬼麿を現世に呼び戻した。

目を向ければ、糸のように降り続く雨の中、ぽんぽこが大きな葉を傘代わりにさして、陰陽師の庭の片隅にしゃがんでいる。どこをどう見ても、その姿は化け物に襲われているようには見えぬ。

人に仇なす鬼や悪霊が出たわけではないらしい。

安堵《あんど》のため息をつきながら、鬼麿はぽんぽこに話しかける。

「何が大変なのだ？」

「唐《もろこし》から白額虎《はくがくこ》様がやって参りました」

もったいぶった口振りで、ぽんぽこが鬼麿に言った。

「白額虎だと？」

そんな名の妖かしは聞いたことがない。

「はい」

重々しく狸娘がうなずいた。

「ふむ……」

唐の白額虎様とやらの姿をさがし、きょろきょろと周囲を見回してみたがそれらしきものは何もいない。

戸惑う鬼麿の脇腹のあたりをつつんと突《つつ》きながら、ぽんぽこが地べたを指さした。

「こちらでございます」

見れば、ぽんぽこの足もとに、白猫がちょこんと座っている。

野良猫にしては、きれいな毛並みをしているが、たかが白猫である。雨の中、大騒ぎするほど珍しい生き物ではない。

「ただの駄猫ではないか」

鬼麿は言った。

初雪のように真っ白なくせに、やけに元気がない。先刻から、ぽんぽこの足もとに座ったまま、動く気配も見せない。ここまで覇気のない猫など駄猫に決まっている。

「駄猫ではございません、鬼麿様。白額虎様でございます」

ろくに動かぬ駄猫のくせに、名前があるらしい。しかも、〝様〟付けで呼ばれているのが生意気である。

「猫など放っておけ」

泰親の屋敷へ帰ろうと、ぽんぽこを促すが、狸娘は動こうとしない。

「猫が欲しいのか？」

ため息混じりに聞いたが、ぽんぽこは「猫ではございません」と繰り返す。

「猫でなければ、何なのだ？」

仕方なく聞いてやると、狸娘は真顔で答えた。

「唐の神仏でございます」

大昔、海の向こうの唐で、仏人や道士、妖怪《ようかい》が人間と仏界を二分して天下分け目の大合戦を繰り広げたことがあった。そのときに仏人の一人が騎乗していた虎が白額虎であるというのだ。

「それはよかったな」

鬼麿は狸娘の話を聞き流す。ぽんぽこも唐の化け物合戦で活躍したらしいが、京の近くで暮らす鬼麿には関係のない話である。そもそも、いつだって狸娘の話はどこまで本当のことなのか分からぬのだ。

「猫などと遊んでいないで、早く屋敷に入れ」

と、踵《きびす》を返したとき、鬼麿の背筋が、

ぞくり――――と、凍りついた。

凍りついたのは、背筋だけではなかった。

「雪でございます、鬼麿様」

不思議そうに、ぽんぽこが手をひらひらと翳《かざ》した。

そろそろ薫風が立とうという五月だというのに、さらさらと氷のような雪が降り始めている。

しかも、ただの季節外れの雪ではない。

いつの間にやら、泰親の屋敷とその周辺だけが、真冬の雪景色となっているのだ。

さらに、面妖なことは続いた。

鬼麿とぽんぽこを取り囲むように、四面に氷の壁が生まれた。泰親の屋敷の出入り口は凍りつき、泰親や采女が屋敷の内側から出られないように見える。

鬼麿とぽんぽこは降りしきる雪の中、孤立していた。

「鬼麿様――」

と、何やら言いかけたとき、狸娘の髪の毛が、またしても、
ぴん――

――と、立った。

「化け物か？」

鬼麿の言葉に答えるかのように、さらさらと降り続いていた雪が吹雪となり視界を隠した。

刀に手をかけるが、あまりの寒さに凍りついてしまったのか、どんなに力を込めても、鞘《さや》から抜くことができない。

「馬鹿な」

思わず舌打ちする鬼麿の耳に、やさしげな女人の声が聞こえて来た。

「刀など抜く必要はありませぬ」

その言葉が合図であるかのように、それまで鬼麿を凍りつかせていた吹雪が、ぱたりとやんだ。

細かい氷のような雪もやみ、空には青空が広がっているが、大地は凍りついたままだし、鬼麿とぽんぽこの行く手を塞《ふさ》ぐ氷の壁は消えていない。鬼麿に声をかけた女人の姿も見あたらなかった。

「何者だ?」

鬼麿の言葉に答えるように、女人の唄声《うたごえ》が聞こえて来た。

仏は常にいませども　現《うつつ》ならぬぞあはれなる
人の音せぬ暁に　ほのかに夢に見えたまふ

歌詞には聞きおぼえがあった。下人から殿上人《てんじょうびと》・法皇まで、それこそ京の都中で流《は》行《や》っている今様《いまよう》である。〝今様狂い〟と呼ばれる後《ご》白河《しらかわ》法皇の後ろ盾もあり、京の都で今様を聞かぬ日はない。雅事に縁のない鬼麿でさえ、都を歩いているうちに、今様の文句をおぼえてしまったほどである。

しかし、鬼麿の耳に聞こえて来る法文歌は見事すぎる。とうてい、この世のものとは思えぬほど美しく、そして、その声には憂いが含まれていた。

「鬼麿様」

ぽんぽこが白い駄猫――白額虎を抱き締め、鬼麿の背後に隠れる。

刀を抜くことのできぬ鬼麿の前に、ぽつりと、男装の女人が現れた。

ほんの一瞬の間を置いて、続けざまに、ぽつりぽつりと別の男装の女人が二人ほど現れた。どの女人も、目を見張るほどに美しい顔をしている。

鬼麿の目の前で、三人の男装の女人がゆるりゆるりと舞いながら、憂いを含んだ声で今様を唄っている。

「白拍子《しらびょうし》……」

鬼麿は呟《つぶや》いた。

白拍子とは、ここ何年か、京の都に現れた男装の女芸能者である。決まり衣装のように、目の前の三人の白拍子も白い水干《すいかん》に立烏帽子《たてえぼし》をかぶり、白鞘の短刀を差している。

それにしても、目の前の白拍子たちは美しすぎた。唄声といい、その容姿といい、人の子ではあるまい。

地べたに転がっている氷の破片を拾い上げると、鬼麿は白拍子に向けて投げつけた。鬼斬りとして鍛え上げた鬼麿の投げた氷の破片は矢のように鋭い。ぴゅうッと音を立てて飛んで行く。

女の柔らかい肌に命中したなら、命を落としかねないところである。

しかし、氷の破片は女に命中することはなかった。

白拍子にぶつかる寸前に、塵《ちり》のように砕け散ってしまったのであった。

「何者だ？」

もう一度鬼麿は聞いたが、白拍子たちは返事もせず舞い続けている。

やがて、三人の男装の女人の唄と舞いが、
ぴたり――

――と、止まった。

凍りついた大地に静寂が舞い降りた。

あまりの静けさに、鬼麿には時の流れが止まったように思えた。口を利こうにも、鬼麿の口は動かない。

耳に痛いほどの沈黙の後、十五、六に見える最も年若い白拍子が一歩前に出ると、

「わらわの名は仏御前《ほとけごぜん》」と名乗り、鬼麿に話しかけて来た。

「平氏の味方をしてはなりません」

「何の話だ？」

白拍子の言葉の意味が、鬼麿には分からない。

取るに足らぬ妖《あや》かし斬りとはいえ、当然ながら、鬼麿とて平氏を知っている。それまで、公家《くげ》の番犬にすぎなかった武士が、いつの間にか天皇を抑え、瑞穂《みずほ》の国を動かしているのだ。平氏を知らぬ者などいまい。

しかし、武士と鬼斬りは違う。自由と言えば聞こえがいいが、その日暮らしで、もらえる約束の銭さえ踏み倒されることも多い。

地べたを這《は》うようにして、虫けらのように暮らす鬼麿には関係のない連中である。味方するも何も、一生、平家と関わり合いになることなどあるまい。

鬼麿の心を読むように、仏御前は言う。

「そなたは何も分かっていないようですね。言うべきことは終わりました」

そして、仏御前は後ろで静かに控えている二人の白拍子に言葉を投げかけた。

「祇王《ぎおう》様、祇女《ぎじょ》様、帰りましょう」

仏御前だけでなく、祇王、祇女の名も都では通っている。平清盛《たいらのきよもり》の寵愛《ちょうあい》を受け、やがて惨めに捨てられた白拍子たちの名であった。

鬼麿たちの前に現れたのは、三人の白拍子だけではない。遠く離れたところに、女のものらしい影があった。なぜだか分からぬが、懐かしい女人のように思えた。

「あそこにいるのは誰だ？」

鬼麿は聞いた。

「誰でもいいじゃありませんか？」

仏御前は言うと、静かな声で言葉を続けた。

「わらわたちは、そなたの味方ですよ」

「味方だと？」

「そのうちに分かります」

それ以上、鬼麿が何を聞いても、仏御前は答えようとしなかった。

再び、細かい氷雪が、

さらさら――と、降り始めた。

細雪《ささめゆき》に掻《か》き消されるように、女人の影が視界から消え始めた。

鬼麿が口を挟《さしはさ》む暇《いとま》もなく、細雪の中、三人の白拍子たちは今様を歌い始める。

仏も昔は人なりき　われらも終《つい》には仏なり
三身仏性具《ぐ》せる身と　知らざりけるこそあはれなれ

春の日射しに解ける雪のように、三人の白拍子の姿は薄くなった。

最後に、影の女人の声が鬼麿の耳に届いた。

「命があったら、また会いましょうぞ。鬼麿」

聞きおぼえのある声だった。

「辻占《つじうらな》いの老婆だ……」

鬼麿の脳裏に、自分を育て、剣術を仕込んでくれた女の顔が思い浮かんだ。

暴徒に襲われぬための用心なのか、襤褸《ぼろ》を身に纏《まと》い、髪を伸ばして顔を隠していたが、実のところ、辻占いの老婆は四十前の美しい女だった。

「生きていたのか」

ある日を境に姿を消してしまったが、てっきり、どこぞで盗人《ぬすっと》の類《たぐい》に襲われ、死んだのだと鬼麿は思っていた。

鬼麿の呟《つぶや》きを狸娘の悲鳴が遮った。

「鬼麿様ッ」

我に返った鬼麿の視線の先に、地のものでも、天のものでもない異形《いぎょう》の生き物が蠢《うごめ》いている。

「蛇か」

しかも、ただの蛇ではない。鬼麿は舌打ちした。

白拍子《しらびょうし》たちが消えた後には、何百匹もの氷蛇《ひょうじゃ》が残されていた。

2

今様《いまよう》とともに白拍子が流行《はや》って以来、季節外れの雪が降るたびに、京の都に氷の蛇が現れる。

氷蛇に嚙《か》まれると全身の血が凍りつき、氷細工の人形になると言われていた。死ぬことは滅多にないが、しばらくの間、眠ったようになり、動くことも口を利くこともできなくなるという。

「ぽんぽこは眠くありませぬ」

狸娘は言うが、氷蛇は聞いてくれぬ。氷のような眼で、鬼麿とぽんぽこのことを睨《にら》んでいる。

氷蛇の正体は、その白い蛇体から成仏できぬ白拍子の化身《けしん》という噂《うわさ》もある。

「ちッ」

鬼麿は舌打ちする。

妖かし斬りを生業《なりわい》にしているのだから、氷蛇など珍しくもないが、刀を使えぬ上に、鬼麿たちを取り囲んでいる氷蛇どもの数が多すぎる。いっそう悪いことに、二人の四面には氷の壁が残り、鬼麿とぽんぽこの逃げ場を奪ったままだった。

氷蛇どもは鎌首をもたげながら、じりりじりりと鬼麿とぽんぽこに近寄って来る。

「鬼麿様、ぽんぽこは蛇が苦手でございます」

昔、辻売りに騙《だま》されて蛇を食べて、腹を壊したことのある狸娘は困った顔をしている。

鬼麿はぽんぽこに教えてやる。

「蛇を食うのではなく、こっちが蛇に食われるのだ」

「もっと嫌でございます」

ぽんぽこは泣きそうな顔をするが、相手が蛇では泣いたところで許してくれるはずもない。

このままでは狸娘と二人、氷人形となってしまう。どうしたものかと考え込んでいると、ぽんぽこが意を決したように口を開いた。

「鬼麿様、ぽんぽこにお任せください」

狸娘は白額虎を地べたに放り投げると、もったいぶった手つきで懐に手を入れた。

枯れ葉を頭に載せ、化けるつもりなのだろう。普段は間の抜けたぽんぽこの顔が、きりりと凛々《りり》しく引き締まった。

狸娘の力を借りるのは男として気が進まぬが、刀が使えぬ以上は仕方がない。

「ぽんぽこ、すまぬ」

狸娘の術の邪魔にならぬように、鬼麿は一歩下がった。

「あい」

ぽんぽこはうなずくが、なかなか枯れ葉を出そうとしない。いつまでも、ごそごそと懐を掻き回している。

嫌な予感に駆られてぽんぽこの顔を見れば、狸娘の眉間《みけん》に皺《しわ》が寄っている。すぐ近くまで氷蛇は迫って来ている。一刻も早く退場しなければ、氷細工の人形にされてしまう。

鬼麿は狸娘に声をかけた。

「どうした、ぽんぽこ」

「鬼麿様……」

ぽんぽこが泣きそうな顔をする。

「枯れ葉がどこかに行ってしまいました」

「おぬしなあ」

ため息をつきながらあたりを見回せば、先刻の吹雪に吹き飛ばされたのか、氷の壁にぽんぽこの枯れ葉が埋もれている。氷が解けなければ、枯れ葉を取ることはできまい。

「困りました」

ぽんぽこは言った。見たところ、他《ほか》に氷蛇退治の策はなさそうである。

しかも、氷蛇に氷人形にされる瀬戸際だというのに、狸娘ときたら、ぐるるぐるると盛大に腹の虫を鳴らしている。呑気《のんき》なことに、腹が減ったらしい。

「無念でございます、鬼麿様。泰親様のお屋敷には、ご馳走《ちそう》が待っているはずでございますのに……」

ぽんぽこは諦《あきら》めている。妖《あや》かしを相手にする場合、どんな苦境に立たされようと諦めてはならない。助かるものも助からなくなってしまう。

「これ、ぽんぽこ――」

説教の一つもしてやろうと口を開きかけたとき、鬼麿の足もとの方から面妖《めんよう》な人語が聞こえて来た。

――泰親とやらの屋敷には、酒もあるのかのう？

面妖な声の主はすぐに分かった。

人語を操っているのは、白い駄猫――白額虎であった。こやつも妖かしであるらしい。意地汚いところまで、ぽんぽことよく似ている。

ぽんぽこは、ここぞとばかりに白額虎に駆けよると言った。

「泰親様はお金持ちでございます。京の町中のお酒を持っております」

人を化かす狸娘だけあって、知りもしないことを平然と並べている。

――わしも酒を飲ませてもらえるのかのう？

白額虎はぽんぽこの顔を見上げる。喉《のど》を鳴らしているところを見ると、駄猫のくせに酒好きであるようだ。

「もちろんでございます。泰親様は、京でも有名な猫好きと呼ばれております」

狸娘は嘘《うそ》に嘘を重ねている。泰親は猫好きではなく、モテない女好きである。

――猫好きとは見どころがあるのぅ。

白額虎の言葉に、いっそう、ぽんぽこは調子に乗る。

「何を隠そう、京の町中の猫様に、お酒を飲ませるのが泰親様のお仕事でございます」

陰陽師《おんみようじ》にそんな仕事があるはずがない。むしろ、化け猫を退治するのが、陰陽師の役目というものであろう。

しかし、唐《もろこし》から来たという白額虎は信じてしまったようである。

――それでは助けてやるとするかのぅ。

とことこと氷蛇どもの方へ歩いて行く。やはり、その姿はただの駄猫にしか見えない。

大丈夫だろうかと、白額虎を見送っていると、ぽんぽこがつつんと鬼麿の袖《そで》を引いた。

「鬼磨様」

狸娘が小声で囁《ささや》きかけて来た。白額虎相手に調子のいいことを言っているときとは様子が違う。

「なんだ？」

怪訝《けげん》な顔で聞き返す鬼磨に、ぽんぽこは周囲を憚《はばか》るような素振りで言う。

「白額虎様がやられている間に逃げましょう」

妖かしだけあって、本物の人でなしである。

さすがの鬼磨も、思わず聞き返さざるを得なかった。

「おぬしの友人ではないのか？」

「時には、友を犠牲にすることも必要でございます」

もっともらしいことをぽんぽこは言うが、自分が助かりたいだけである。

凛々しい顔で、ぽんぽこは言葉を続ける。

「ご馳走を食べるまで、氷人形になるわけには参りませぬ」

鬼磨とて、駄猫一匹を犠牲にして命が助かるのなら異存はない。そもそも、白額虎とは出会ったばかりで、知り合いでさえないのだ。

「鬼磨様、早く逃げましょう」

泥棒よろしく、抜き足差し足で狸娘は歩きかけたが、逃げる必要はなかった。

氷蛇どもが白額虎を目がけ一斉に襲いかかって来た刹那《せつな》、白い駄猫は、
どろん――――

――――と、白煙を上げた。

ぽんぽこが変化《へんげ》をするときに上がる白煙にも似ている気がするが、白額虎の白煙はどことなく雲のような形をしている。たとえるなら、真夏の入道雲のような白煙である。

「何が起こっているのだ？」

「分かりませぬ」

ぽんぽこは眉間に皺を寄せている。

何が起こっているのかさえ分からぬ鬼麿と狸娘を尻目《しりめ》に、白煙がもくもくと増えて行く。

白額虎の身体が白煙に包まれ見えなくなった次の瞬間、白煙を蹴破《けやぶ》り、馬ほどの大きさの白虎《びゃっこ》が現れた。絵草子の虎のように凛々《りり》しい顔つきをしている。

――この姿は疲れるから、好きではないのぅ。

白虎は白額虎の間の抜けた声でしゃべった。信じられぬ話だが、白額虎の正体は凜々しい白虎であるらしい。

一瞬、怯《ひる》んだものの、氷蛇どもはすぐに白虎と化した白額虎に襲いかかって来た。

――蛇がたくさんおるのぅ。

間の抜けた声で呟《つぶや》くばかりで、白額虎は戦うどころか逃げようとさえせず、面倒くさそうな顔で氷蛇どもを見ている。姿は変わっても、その性根は怠け者の駄猫そのままなのかもしれぬ。

「鬼麿様、やはりここは逃げましょう」

ぽんぽこが耳打ちするが、白虎と化した白額虎が気になって仕方がない。

立派な牙《きば》を持つ白額虎に、鬼麿は言ってやる。

「蛇どもを嚙《か》み殺さぬか」

――蛇は口に入れるものではないのぅ。

「ならば、爪で切り裂いたらどうだ」

――蛇に触るのは気色が悪いのぅ。

嚙み殺すどころか、白額虎ときたら、氷蛇に手を触れるつもりもないらしい。

「見かけ倒しでございます」

駄猫を罵《のの》る狸娘の言葉が終わらぬ先に、一匹の氷蛇が世の中のすべての生き物を氷と化す牙で、白額虎に噛みついた。

が、白額虎は氷と化さない。

「どうかしたのでしょうか?」

ぽんぽこは、なぜか、氷蛇の心配をしている。

鬼麿の目には、氷蛇が苦しんでいるように見える。

――わしは食い物ではないのぅ。

独り言のように呟いたとたん、白額虎の身体から白い炎が燃え立った。

白額虎に噛みついていた氷蛇が燃え上がり、瞬く間に灰となった。さらさらと氷蛇の身体が、風の前の塵《ちり》のように散って行く。

――燃えてしまったのぅ。

他人事のように白額虎が呟く。相変わらず、やる気があるようには見えない。

逃げることを知らぬのか、氷蛇どもが次々と襲いかかるが、一振りの灰と化すばかりで白額虎の身体に傷一つつけることはできない。

――ふん。

面倒くさそうに鼻を鳴らすと、白額虎の白い炎が、いっそう激しく燃え立った。

そして、唐の妖《あや》かしの白い炎を煽《あお》り立てるように、どこからともなく強い風が吹いた。

風は白い炎を巻き、熱風となった。

身を焦がすほどの熱風が、鬼麿の頬《ほお》に吹きつける。ちりちりと自分の身体が焦げるようであった。

白額虎の熱風に触れるたびに、氷蛇どもが溶けていく。

溶け始めたのは氷蛇だけではない。

凍りついた地べた、四面の氷壁、そして天空の雪雲までが、熱風に巻かれるように消えていく。

気づいたときには、白拍子《しらびょうし》どもの残した〝魔〟は消え、いつもと変わらぬ京の町並みが戻っていた。

耳をすませば、遠くから、餅《もち》売りや酒売りの声が聞こえて来る。

天下無双の白虎であったはずの白額虎も、もとの白い駄猫となっている。鬼麿には、何もかもが夢のようであった。

――都の酒とやらを馳走になろうかのう。

白額虎は泰親の屋敷へと歩いて行く。白額虎の身体には傷一つ、焦げ跡一つ見あたらない。

「さすが白額虎様でございます。ぽんぽこは信じておりました」

真面目《まじめ》な顔で狸娘が呟いた。

3

月の見えぬ暗い夜になると、闇に紛れて盗賊どもが洛中《らくちゅう》を騒がせる。

殊に、京の都で最も名を馳《は》せている大盗賊・雨月院右京《うげついんうきょう》は、おのれの名を高めるためか、前日の夜に、盗みに入ろうとする屋敷に矢文《やぶみ》を射るのだった。

当然のごとく、矢文を打ち込まれた屋敷は、右京を退治するための備えをする。手練《てだ》れの武士を雇ったり、人の気配があるたびに何百本もの毒矢を射る連中も珍しくなかった。

しかし、誰一人として、右京を殺すことはおろか、傷つけることすらできず、逆に警護の武士どもの死骸《しがい》が並ぶのが常であった。

あまりの凄《すさ》まじさに、右京のことを不思議な妖術《ようじゅつ》を使う鬼と言う者も少なくない。

とにかく、相手が誰であろうと、右京の邪魔をする者は死体となるのだ。

その雨月院右京からの依頼なのだ。失敗すれば鬼麿の命が危うい。

右京の依頼を片づけるため、荒れ果て礎石のみになった羅城門に、鬼麿はやって来ていた。

盗賊の跋扈《ばっこ》する羅城門跡だけに、怪しげな安酒を売り歩く物売りの姿もない。空一面に広がる星たちの囁《ささや》き声が聞こえて来そうな夜だった。

愛宕山で空《す》きっ腹を抱えて眠れず、采女と二人で夜空を見ていた幼いころのことを思い出す。腹が減って苦しかったはずなのに、いつまでも采女と星を見ていたいと思った。

今、鬼麿と星を見ているのは采女ではない。鬼麿のすぐ近くに、二匹の妖かし――ぽんぽこと白額虎の姿があった。

「天の川には、美味《おい》しいお魚が住んでいるのでしょうか？」

――食ったことがないのう。

二匹は真面目な顔で間抜けな話をしている。

さらに、もう一人、鬼麿に連れて来られた男がいた。

男は納得できぬと言わんばかりの顔で、ぶつぶつと文句を言っている。

「なんで、わてまで……」

〝陰陽師《おんみょうじ》の孫〟こと安倍《あべの》泰親である。五芒星《ごぼうせい》紋を抜いた狩衣《かりぎぬ》姿の泰親は、ぶつぶつとしつこく文句を並べ続ける。

「依頼人が仕事の手伝いをするなんて、聞いたことあらへん」

「盗賊退治の依頼人は、泰親《おまえ》ではない。だから、問題なかろう」

自分でもおかしな理屈と知りながら、鬼麿は陰陽師に言った。

「アホくさ」

鬼麿ごときの相手はしていられぬとばかりに鼻を鳴らすと、泰親は独り言のように呟いた。

「采女はんと屋敷で留守番をしてよ、と思ったのに」

ちなみに、采女は泰親の屋敷で留守番をしている。鬼麿が来させなかったのだ。

「おまえを采女と二人きりにしておけるか」

鬼麿は女好きの陰陽師に言ってやったが、真意は別のところにあった。

鬼麿は雨月院右京のことを信用していない。

盗賊が洛中を騒がせているという話は事実だが、冷酷な天下の大泥棒である右京が手を焼いているとは思えない。そもそも京の都は右京の縄張りなのだ。蛇のように抜け目のない右京が、易々《やすやす》と他の盗賊の侵入を許すとは思えなかった。

すると、右京の狙いは盗賊退治の他にあるに違いない。右京が何を企《たくら》んでいるか分からぬが、巻き添えで命を落とすのはごめんだった。

鬼麿と采女は洛中にすら住めぬ虫けら同然の存在で、殺されても誰も気にはしないだろう。

一方、泰親は名の通った陰陽師である。いかに雨月院右京であろうと、簡単に手を出せぬはずだ。

「鬼麿はんの盾でおますな」

泰親自身も、鬼麿の考えを読み切っている。薄気味の悪いことに、陰陽師とやらは、他人の一手も二手も先を読むことができるらしい。しかも、いっそう不気味なことに、盾にされると分かっていながら、泰親は羅城門跡について来たのだ。

(食えない男だ)

鬼麿は音に出さず舌打ちする。右京も胡散《うさん》くさいが、泰親も味方だとは言い切れない。

味方と言い切れそうなものは、采女と狸娘、それに駄猫くらいのものだが、采女はともかく、ぽんぽこと白額虎は気まぐれで、どうにも頼りにならない。今も呑気《のんき》な会話を繰り返している。

——京の都とやらは、ずいぶん寂れておるのう。

白額虎が独り言のように呟《つぶや》いた。よく分からぬが、かつて白額虎が棲《す》んでいたという唐の都とやらと比べているのだろう。

「あい。都とは思えませぬ」

京以外の都を知っているとは思えない狸娘が、したり顔で相槌《あいづち》を打っている。ぽんぽこの言葉を信じるなら、様々な国の色々な時代の都を知っているという話だが、誰がどう考えたって眉唾《まゆつば》ものの大嘘《おおうそ》であろう。

二匹の妖かしの会話に陰陽師が口を挟む。

「都でいるのも、もう少しでっからなあ」

「もう少しだと？　それはどういう意味だ？」

「知らへんの？　清盛はん、本気で遷都するらしいですわ」

その噂は鬼麿の耳にも入っていた。

「福原《ふくはら》か」

建前の上では、清盛の隠居所ということになっているが、誰一人として、そんなことは信じていなかった。

福原には海外へと通じる要《かなめ》とも言える輪田泊《わだのとまり》がある。福原を支配することは、海外交易の富を手中に収めることを意味している。福原を掌握すれば、ますます平家の力は強くなるであろう。しかし、

「京から離れることを公家《くげ》どもが承諾するとは思えん」

連中にとって、四神相応《しじんそうおう》の地である京の都から出るのは、穢《けが》れを纏《まと》うことに他ならない。

「もののけの森もあるしな」

鬼麿は呟いた。

福原には、もののけどもの棲む森があり、今も海を通じて妖《あや》かしどもが集まり続けているという。公家どもにとっては穢れそのものの土地とも言える。

「承諾なんぞいりまへん」

泰親は肩を竦《すく》めた。

陰陽師の言うことも、もっともであろう。朝廷を見ても、平清盛に逆らえる者などいない。

「清盛の思いのままか……」

「それはどうでっしゃろ」

意味ありげに泰親が呟いた。陰陽師の口振りは、平家の没落を予言しているようでもあった。

「何だと？」

鬼麿が泰親に聞き返したとき、不意に、
しとしと――――と、冷たい雨が降り始めた。

突然の雨に、雨宿りするように星たちが消え、ただでさえ暗い夜闇が、いっそう暗くなった。自分の足もとさえ見えない。これでは歩くことさえ、ままならぬ。

「暗いのはあきまへんな」

そうぼやくと、泰親は「炎《えん》」と小声で呪《しゅ》を唱えた。

とたんに、泰親の右手に朧《おぼろ》げな炎が灯《とも》り、夜闇を裂いた。陰陽師の炎は雨に濡《ぬ》れても消えることがない。

――陰陽師というのは便利だのう。

「あい。泰親様がいれば夜道も明るくなります」

「……わては松明でおますか」

「似たようなものでございます」

ぽんぽこがうなずいたとき、白額虎の耳がぴくりと動いた。

——誰かいるようだのう。

夜闇に人の気配があった。

「夜遊びは感心しまへん」

軽口を叩《たた》きながら、泰親は手のひらの炎を人の気配の方に向けた。

朧げな炎の先に、髪の長い美しい女が浮かび上がる。

いや、女ではない。

唇に紅を塗り、艶《あで》やかな衣装を身につけているが、微《かす》かにのどぼとけが出ている。

雨月院右京である。京で一番の大盗賊が手下も連れず、たった一人で羅城門跡の闇に立っていた。

右京は女のようにやさしい声で聞く。

「泰親様が鬼斬りの手伝いですか？」

「あんさんこそ、こんな夜に散歩でおますか？」

泰親は聞き返す。

「盗賊が夜歩きしてもおかしくないでしょう」

右京は艶やかに笑う。声といい、赤い唇といい、やはり、男とは思えない。

泰親は素っ気ない口振りで言う。

「邪魔くさいさかい、とっとと家に帰りなはれ」

「おい、泰親」

思わず、鬼麿は陰陽師の孫の名を呼んだ。公家であろうと、右京にこんな口を叩く馬鹿はいない。

ましてや、今は闇の支配する夜である。しかも、周囲にひとけはないのだ。右京を怒らせては、命がいくつあっても足りない。

不意に、雨足が強くなった。

風こそ吹いていないが、うるさいほどに雨は地べたを叩いている。歩いて来た道に、雨水が川のように流れている。

鬼麿と二匹の妖かしはずぶ濡れになってしまった。

「冷とうございます。これでは風邪を引いてしまいます」

——おぬしは風邪など引かぬと思うがのう。

情けない顔の妖かし二匹に対し、泰親と右京は少しも雨に濡れていない。雨の方が、二人を避けているようだ。

「便利な術でございますね」

ぽんぽこは素直に感心しているが、陰陽師《おんみょうじ》である泰親はともかく、ただの盗賊の右京を雨が避けるのは面妖《めんよう》である。

「鬼麿はん、まだ気づきまへんの？」

鬼麿の心を読んだのだろう。泰親が呆《あき》れた声を出す。

「気づく？」

泰親が何を言っているのか、鬼麿には想像もつかない。

「相変わらず、鈍いお人や」

独り言のように、泰親が呟いた。

「わてを誘《おび》き出すために、鬼麿はんは利用されましたんや」

「何だと？　はっきり言え、陰陽師」

「陰陽師は安倍晴明《せいめい》の子孫だけじゃないということでおます」

「何が言いたい？」

鬼麿は聞くが、泰親は答えない。氷のように冷たい目で、右京のことを見ている。

「そろそろ始めるか、安倍泰親」

右京の言葉を合図に、泰親が仕かけた。

「跳《ちょう》」

泰親が呪《しゅ》を唱えると、陰陽師の右手に灯っていた炎が、弧を描き右京に向かって走った。

目を擦《こす》る間もなく、右京の身体が真紅《しんく》の炎に包まれる。

「殺すつもりか」

鬼麿の言葉に泰親は首を振り、独り言のように呟《つぶや》く。

「これくらいで死ぬ玉じゃありまへん」

そして、泰親は紅蓮《ぐれん》の炎に包まれている右京に言葉を投げかける。

「いい加減、正体を見せなはれ、蘆屋《あしや》はん」

泰親の言葉に返事をするように、右京の身体から青白い九本の線が、

きらり、きらり――――

――――と、煌《きら》めいた。

一瞬にして、横五本縦四本の青白い光の線が、泰親の放った紅蓮の炎を消し去った。

何事もなかったかのように、右京は微笑んでいる。紅蓮の炎に包まれていたはずなのに、右京の身体には焦げ跡一つ、ついていない。

「見なはれ、ドーマンや」

右京の女物の着物に、格子状の印――ドーマンが浮かび上がる。鬼磨の知るかぎり、ドーマンの紋を使う家系など一つしかない。

「蘆屋道満《どうまん》五代目の孫、蘆屋右京」

これまで雨月院右京を名乗っていた、もう一人の陰陽師の孫は言った。

蘆屋道満。

一条《いちじょう》天皇の御代の非官人の陰陽師にして、安倍晴明を目の仇《かたき》にしていた男である。晴明に勝るとも劣らない呪術力《じゅじゅつりょく》を持ち、公家《くげ》の信頼も集めていた。

しかし、晴明がいるかぎり、いつまでたっても道満は二番手のままである。野心家の道満は二番手でいることを嫌い、何度となく、晴明を殺そうとした。道満は蛇のようにしつこい男で、晴明自身、油断も隙もない日々に閉口していたという。

だが、結果的に道満が陰陽師の一番手になることはなかった。不世出の大陰陽師と呼ばれた安倍晴明に式神《しきがみ》対決を挑み、手も足も出ずに敗れた挙げ句、播磨《はりま》に流されている。

以来、蘆屋家は歴史の表舞台に出ることなく、天才と呼ばれた蘆屋道満の名も忘れさられようとしていた。

右京は泰親に言う。

「この蘆屋右京様が、安倍晴明の子孫を葬ってやろう」

4

「ぽんぽこ、山に帰るぞ」

二人の陰陽師が睨《にら》み合う中、鬼麿は狸娘に言った。

盗賊を退治する仕事は嘘《うそ》であったらしい。

ふらふらと遊び歩いているとはいえ、泰親は公家である。命を狙おうにも、盗賊とは接点がない。だから、右京は鬼麿を利用して夜の羅城門へと誘い出したのだろう。

「下らん」

鬼麿は吐き捨てた。こんなところで、食うに困らぬ陰陽師どもの術比べを見物するような趣味も余裕もない。

「冷たいお人やなあ」

泰親が嘆いて見せるが、鬼麿は山へ帰るべく踵《きびす》を返した。

鬼麿の背中に右京の声が聞こえた。

「逃がしはせぬ」

右京の狙いは泰親だけでなく、鬼麿にもあるようだ。安倍晴明の子孫を殺して、表舞台に立とうという野心を持つ右京としては、盗賊の顔を知る鬼麿が邪魔なのだろう。しかし、雇い主でない以上、右京に命令される筋合いはない。鬼麿は返事もせずに足を進めた。

そのとき、狸娘が緊張した声で言った。

「何かおります、鬼麿様」

ぽんぽこの髪の毛が、いつもにも増して激しく立っている。鬼麿の腕に、ぷつりぷつりと鳥肌が立ち始めた。雨の中から、これまで感じたことのない妖気《ようき》が漂って来る。目を凝らせば、雨闇の中、数え切れぬほどの人影らしき何かが、ぐるりと鬼麿を取り囲んでいる。

「これが盗賊の正体や。気をつけなはれ、鬼麿はん」

泰親の声が背中に聞こえた。とたんに、ほんの少し、あたりが明るくなった。泰親の術なのかもしれぬ。

「鬼麿様、臭いにおいが致します」

ぽんぽこが鼻を抓《つま》んでいる。

腐臭とともに、額に霊符を貼《は》りつけた男どもが現れた。男どもは、異国風の道士服を身にまとい、両腕を前に突き出し、ぴょんぴょんと跳ねながら、鬼麿の方へと向かって来る。

――僵尸《キョンシー》を操るとは、右京とやら面倒な男のようだのう。

白額虎が感心したように呟いた。鬼麿やぽんぽこが知らぬことを考えても、僵尸とやらは、唐の妖《あや》かしであるようだ。

――唐では珍しくない妖かしだのう。

白額虎は教えてくれた。

唐では、旅先や出稼ぎ先で人が死ぬと、術を使って死人《しびと》を歩かせ、故郷まで運んだという。

その術ないし、動く死人のことを〝僵尸〟と呼ぶ。死人であるがゆえ、腹を減らすことも疲れることもなく、故郷まで何千里離れていようと歩き通すのだった。足を失おうと、手を失おうと、顔色一つ変えず、術者の言いなりになるという。

「便利でございますね」

狸娘は感心しているが、便利なものというやつは、時として人を追いつめる。

やがて、その術を悪用し、死人を使って私利私欲を図る者が何人も出たため、唐では僵尸は禁じられ、公《おおやけ》には術の使い手もいなくなったと言われている。

僵尸が海を越えて、平安の都に現れたのである。

泰親の言葉を信じるのなら、蘆屋道満の子孫・右京は僵尸を手下に盗賊を働いていたということになる。鬼麿が退治することになっていた盗賊とやらも、おそらくは僵尸なのだろう。

相手が相手だけに、鬼麿が躊躇《ためら》っていると、右京が僵尸に命じた。

「邪魔者を殺せ」

――逃げた方がよいのう。

唐の妖かしをよく知る白額虎は言った。

しかし、鬼麿は返事さえしない。

――僵尸に、気を呑《の》まれてしまったのかのぅ。

白額虎は呟いた。蛇に睨まれた蛙よろしく、妖かしを前にして固まってしまう者も多い。

「鬼麿様ッ」

ぽんぽこが悲鳴を上げるが、やはり、鬼麿はぴくりとも動かない。その姿は、唐の妖かし相手に観念してしまったようにも見えるのかもしれぬ。ときおり、鬼麿は自分の命を塵《ちり》のように扱うことがあった。

「望み通り殺してやれ」

右京の声が雨闇に沈んだ。

僵尸が鬼麿の身体に手を伸ばした刹那《せつな》、

ざくり、ざくり……――

――と、肉を斬る音が鳴り響いた。

ころり、ころりと、いくつもの僵尸の首が雨に濡《ぬ》れた地べたに転がった。

動く死人だけあって首を失っても倒れはしないが、見えぬのか、三々五々、あらぬ方向に散って行く。

「相馬蜉蝣《かげろう》流、雨斬り」

鬼麿の口から言葉が落ちた。

抜く手も見せぬ早技で、僵尸の首を刈ったのである。

右京に操られているだけの僵尸には気の毒だが、降りかかる火の粉は払わなければならぬ。

「唐の術であろうと、死人ならば鬼だ。鬼を斬るのが、おれの仕事だ」

鬼麿は言うと、僵尸を次々と斬り刻んで行く。滴り落ちる雨粒を斬って鍛えた技だけに、鬼麿の刀は止《とど》まることを知らない。

「鬼麿様、お手伝い致します」

ぽんぽこは懐から大きな枯れ葉を取り出し、ちょこんと頭に載せた。そして、両手で印《いん》を結ぶと、「ぽんぽこ」と呪文《じゅもん》を唱え、どろんと煙に包まれた。

一瞬の後、煙が晴れたときには、狸娘は一羽の大きな燕《つばめ》と化していた。

ぽんぽこ燕は自由自在に空を飛び回り、次々と僵尸を突《つつ》いて行く。

どんな仕掛けがあるのか分からぬが、つつんと突かれるたびに僵尸は動きを止め、鬼麿の刃《やいば》の餌食《えじき》になるのであった。

――鬼斬りとやらは、たいしたものよのう。

白額虎が感心している。

「ちッ」

右京は舌打ちすると、鬼麿に向かって、呪《しゅ》を放とうとしたが、呪文を唱えるより早く、狐顔の男が立ち塞《ふさ》がった。

「あんさんの相手はこっちやろ？」

泰親が右京に言った。いつものことながら、泰親の口振りは相手を馬鹿にしている
ように聞こえる。

「ふん。笑っていられるのも今のうちだ」

地べたに手を触れながら、右京が呪を放つ。

「骸《がい》」

右京の呪を吸い込むように、ぼこりぼこりと地べたが盛り上がった。

見れば、方々の地べたが盛り上がり、何筋ものぼこりぼこりが泰親の立っていると
ころに、一直線に向かっている。

「今度は何ですねん？」

晴明の子孫がため息をつくと、泰親の立っているいくらか前で、不意に、ぼこりぼ
こりが静かになった。

「何や、畑仕事をしただけでおましたか」

泰親の軽口を聞き流し、右京は地べたに向かって言葉をかける。

「我が先祖、蘆屋道満の恨みを今こそ晴らそうぞ。――出よ、黄泉《よみ》の化生《けしよう》」

右京の言葉が終わるのを待つようにして、大地からがしゃがしゃという不気味な音が響き、ぐらりぐらりと地べたが揺れ始めた。

常人なら立っていることもできぬほどの強い揺れの中、泰親が嘆いた。

「うちのご先祖はんのおかげで、えらい迷惑やな」

泰親の言葉が聞こえたかのように、ぴたりと揺れが止まった。不気味な音だけが地べたから聞こえ続ける。

一瞬の間を置いて、
ぼこりッ――――

――と、地べたが割れた。

地べたから、新手の妖かしが現れた。

屋根を優に越えるほどの背丈の大きな骸骨《がいこつ》の化け物が、がしゃがしゃと音を立てて、地べたから姿を現した。

この骸骨の化け物が、がしゃどくろである。

がしゃどくろとは、野垂れ死にした人の髑髏《どくろ》が集まって一体となった人喰《く》い妖怪《ようかい》で、飢餓が蔓延《まんえん》している京の都でも、ときどき現れては人を喰うと言われていた。

「がしゃどくろを式神《しきがみ》に使うのか」

蘆屋道満の子孫の妖力を目の当たりにして、鬼麿は驚く。

がしゃどくろは一直線に泰親に向かって来る。さして動きは素早くないが、でかいだけに迫力がある。

「嫁もおらんのに、がしゃどくろに言い寄られるなんぞ、えらい災難やなあ」

こんな場合だというのに、泰親は独り身の生活を嘆いている。

「泰親様、危のうございますッ」

あまりに呑気《のんき》な陰陽師《おんみょうじ》に業を煮やしたのか、ぽんぽこ燕が助けに入ろうとする。

しかし、ぺしゃり。

白額虎がぐんと右の前肢《まえあし》を伸ばし、猫が雀《すずめ》でも捕るかのように狸娘を止めた。

ぽんぽこ燕が地べたで押さえつけられる。

「痛《いと》うございます、白額虎様」

べそをかきそうな声で抗議する狸娘を、地べたに押さえつけたまま駄猫は言う。

――黙って見ておれ、ぽんぽこ。

白額虎は意味ありげな眼差《まなざ》しで、泰親を見ている。陰陽師の元祖である唐の妖《あや》かしだけに、何かを知っているようである。

「何や、助けてくれんのか……。しゃあないな」

がっくり肩を落とすと、泰親はどこからともなく白紙の札と一本の筆を取り出した。

「辞世の句でも詠むつもりか、晴明の子孫？」

右京がせせら笑う。

「似たようなもんですわ」

泰親は受け流すと、迫り来るがしゃどくろを見ようともせず、白紙の札の上に、さらさらと筆を走らせる。

「泰親《やつ》を握り潰《つぶ》せ」

右京の命令が闇に谺《こだま》する。

がしゃがしゃと骨を鳴らしながら、がしゃどくろの手が泰親に伸びた刹那《せつな》、安倍晴明の子孫の手のひらから、
ひらり――――

――――と、霊符が蝶《ちょう》のように舞った。

霊符には、蛇がのたくったような異国の文字らしきものが、鮮やかな朱色で書かれている。

霊符が泰親の目の前で、春を待つ胡蝶《こちょう》のようにひらひらと舞い踊っている。

泰親は霊符に向かって呟《つぶや》いた。

「厭飛屍鬼侵害人口符」

泰親の言葉が霊符に吸い込まれ、それと引き換えのように、朱色の文字から炎が噴き出した。その朱色の炎は僵尸《キョンシー》どもを追いかけるように、四方八方に散って行く。

朱色の炎に触れるたびに、僵尸どもは塵《ちり》となる。相手が炎では逃げ場はない。鬼麿の目には、朱色の炎が地獄の業火のように見えた。

すべての僵尸を焼き尽くした後、朱色の炎は一塊《ひとかたまり》の球体となり、がしゃどくろに突き刺さった。

「がしゃどくろはん、ゆっくりあの世で休みなはれ」

骸骨の化け物に同情するように、泰親は言った。

がしゃどくろに突き刺さった朱色の炎が、ぶわりッと大きくなり、熱風が大地を焦がす。

やがて——。

骨の焦げるにおいを残して、がしゃどくろも塵となった。いつの間にか、雨はやみ、右京の姿も消えている。

——蘆屋道満の子孫は逃げてしまったのう。

白額虎は呟いた。

泰親は右京の姿をさがす素振りも見せず、穏やかな声で呟く。

「風の前の塵に同じ」

そより、と風が吹いた。

五月の爽《さわ》やかな夜風が、かつて、がしゃどくろと僵尸であった塵をどこか遠くへ吹き飛ばした。

そして、後には、何も残らなかった。

5

——嫁もおらぬくせに、霊符を使いこなすとは、やるのう。

泰親の術を見て、白額虎が感心している。

「嫁がいないのは関係ありまへんがな」

泰親は肩を竦《すく》める。

ちなみに、泰親が使った『厭飛屍鬼侵害人口符』というのは、無念の最期を遂げた死者の祟《たた》りを防ぐ霊符である。

もともと唐の術であったものを安倍晴明が持ち込み、子孫に伝えたのだ。他にも様々な霊力を持つ霊符が安倍一族に伝わっているという。

「白額虎様、退《ど》いてくださいませ」

駄猫の前肢の下で、ぽんぽこ燕《つばめ》がじたばたと暴れている。

――すまぬ、ぽんぽこ。すっかり忘れておったのう。

口先でこそ謝っているが、少しもすまなそうな顔ではない。眠そうに欠伸《あくび》を嚙《か》み殺すと、さも面倒くさそうに前肢を退かした。

ようやく、白額虎の前肢の下から逃げ出したぽんぽこは、どろんと煙を上げて狸娘の姿に戻ると、真面目な顔で泰親に話しかけた。

「泰親様、もっと早く助けてくださいませ」

ぽんぽこの言う通りである。

妖かしや不思議に慣れている鬼麿でさえも、言葉を失ったほどの威力を持つ霊符である。最初から出していれば、苦戦することもなかっただろう。

泰親に依頼された川鬼退治にしても霊符があれば、鬼麿などいらぬように思える。

泰親は顔を顰《しか》めながら言う。

「肝心なことに霊符は効きまへんのや。どうも信用できまへん」

「肝心？」

がしゃどくろを塵にするほどの霊符に言う言葉ではない。鬼麿とぽんぽこが怪訝《けげん》な顔をしていると、白額虎が一枚の霊符をくわえて、泰親を見上げた。

――肝心なことに効かぬ霊符は、これかのう？

白額虎は言った。

見るからに泰親の霊符らしいが、先刻の『厭飛屍鬼侵害人口符』とは、別の文字が朱で書かれている。

「あッ、その霊符を取ったらあきまへん」

泰親が慌てて駄猫から霊符を奪い返し、隠すように懐に仕舞い込んだ。

「今の霊符は何だ？」

鬼麿が聞くと、渋々といった風情で泰親が口を開いた。

「『良縁符』や」

再び、霊符を取り出し、〝良縁〟と書かれた文字を鬼麿たちに見せている。

「ん？」

霊符を見せられても分からない。

「何の霊符でございますか？」

ぽんぽこも首をかしげている。狸娘にも分からぬようだ。

「…………」

言葉に詰まる泰親の代わりに、唐からやって来た白額虎が教えてくれた。

――伴侶《はんりょ》を引き寄せる霊符だのぅ。

この霊符を持てば、素晴らしい結婚相手と出会えるようになるらしい。いつまでも独り身でいる陰陽師にかける言葉もなく、鬼麿とぽんぽこは黙り込んだ。

気まずい沈黙の中、霊符に書かれた〝良縁〟の文字を見つめながら、泰親が独り言のように呟いた。

「効きまへんのや」

第三章　般若の面の男

1

畳どころか、ろくに床板もない荒《あば》ら屋に鬼麿《おにまろ》たちは帰って来ていた。

つい先刻まで、それなりに金のかかった泰親《やすちか》の屋敷にいただけに、住み慣れたはずの愛宕山《あたごやま》の小屋が余計にみすぼらしく見える。自分たちの貧しさが、いつもにも増して惨めだった。

しかも、雨月院右京《うげついんうきょう》こと蘆屋《あしや》右京の依頼は、一銭にもならなかった。こんな暮らしをしていては、遅かれ早かれ飢え死ぬであろう。

「貧乏、金なしでございます」

ぐるるぐるると腹を鳴らしながら、ぽんぽこが訳の分からぬことを言っている。

「それを言うなら、『貧乏、暇なし』でしょ？　ぽんぽこちゃん」

采女《うねめ》が狸娘に言葉を教えている。辻占《つじうらな》いの老婆が仕込んでくれたのは、剣術だけではなかった。辻占いの老婆が何を考えたのか分からぬが、鬼麿と采女に文字を教えてくれたのだ。そのおかげで、鬼斬り稼業の下人風情であるにもかかわらず、鬼麿も采女も文字の読み書きができる。

采女の言葉に納得がいかぬのか、狸娘は眉間《みけん》に皺《しわ》を寄せた。目を見張るほど美しい顔つきをしているためか、何やら深刻そうに見える。

ぽんぽこは采女に聞き返す。

「貧乏、暇なしでございますか？」

「え？　何かおかしい？」

間違いを教えてしまったのかと首をかしげる采女に、狸娘は言葉を投げかける。

「お金はありませんが、暇はたくさんございます。ですから、貧乏、金なしが正しゅうございましょう」

「それは……」

あまりに的確な狸娘の指摘に、采女は言葉を失っている。

実際、ぽんぽこの言う通りだった。鬼斬りの依頼がないときには何もやることがない。

困り果てた采女をよそに、今度は鬼麿に話しかける。

「鬼麿様、ぽんぽこはお腹が空《す》いてしまいました」

ぐるるぐるると、狸娘の腹が悲しそうに鳴っている。

腹が空いているのは鬼麿も一緒だった。口には出さぬが、采女も腹を減らしているに違いない。いくら腹を鳴らしたところで、懐には一銭もなく、仕事もないのだ。鬼麿はいっそう惨めに思う。

金がなくとも、ろくに食う物がなくとも、皆で仲よく暮らしていたいと采女は口癖のように言っているが、面倒なことに、人は食わなければ死んでしまう。

少しでも体力を使わぬよう、鬼麿は床に座り込んだ。無言のまま、ぽんぽこと采女も鬼麿に倣う。

──情けない連中だのう。

それまで黙っていた白額虎《はくがくこ》が口を挟んだ。

海の向こうからやって来た訳の分からぬ駄猫風情に、情けないと言われる筋合いもないが、腹が減りすぎて言い返す気にもなれない。そもそも、情けないことは鬼麿自身が一番よく知っているのだ。

ぽんぽこの腹の虫に続いて、鬼麿の腹もぐるるると鳴った。

「困ったわね。お金なんてないし」

采女が眉間に皺を寄せている。

「みんな泰親様のせいでございます」

ぽんぽこが恨みがましい目で、忽然《こつぜん》と姿を消した陰陽師《おんみょうじ》に文句を言った。

これまた、狸娘の言う通りである。

鬼麿も采女もしがない鬼斬り稼業――。その日暮らしなのだから、寝る間もなく働かねば顎《あご》が干上がってしまう。

盗賊退治に鬼火天狗《てんぐ》さがし、川鬼退治と、下手に大きな仕事を請け負ったために、細かい仕事まで手が回らず、断ってしまったのだ。

それが凶と出た。

金になるはずの盗賊退治は、陰陽師同士の争いに巻き込まれただけで一銭にもならず、飯と寝床をたかるはずだった泰親までが姿を消してしまった。

常日頃から、ふらふらとふらついてばかりいる泰親だけに、最初から姿を消すくらいのことは予想しておくべきであった。

「貧乏、丸出しでございます」

ぽんぽこの言い違いは、ずぶりと鬼麿たちの暮らしの核心を突く。京で一番の鬼斬りと呼ばれようと、狸娘と采女の小娘二人すら満足に食わせてやることができぬのだ。

（夜盗でもするか）

武を穢《けが》れと嫌う貴族など皆殺しにするのは容易《たやす》い。鬼麿が足を一歩踏み出せば、貴族どもの財産を奪い取り、華美な貴人の暮らしが送れる。

正直なところ、貴族どもを殺そうと思ったのは今日が初めてではない。

安い銭で、鬼麿を使えるだけ扱《こ》き使う貴族どもを殺すことに躊躇《ためら》いはなかった。実際に手を下さなかったのは、采女の悲しそうな顔が思い浮かんで邪魔をするからだった。

鬼麿、駄目よ――。そんな声まで聞こえて来る。

金持ちになれるというのに、なぜ、采女が悲しそうな顔をするのか、鬼麿には分からない。ずっと一緒にいるというのに、采女の考えていることは何一つ分からなかった。

鬼麿が悩んでいる横で、ぽんぽこが白額虎をじっと見つめている。何事にもいい加減な狸娘にしては珍しく、熱い視線を送っている。

狸娘の熱い視線に気づき、駄猫が不思議そうな顔をする。

――ん？　何か、わしに用かのう？

「白額虎様、せっかくでございますから、水浴びを致しませぬか？」

——水は冷たいから、好きではないのう。

怪訝《けげん》な顔をしながらも、白額虎は真面目に答えている。

付き合いの長い鬼麿には、狸娘の考えていることが手に取るように分かった。不可解な采女と違って、ぽんぽこは分かり易い。よくよく考えずとも、狸娘が熱い視線を送る理由など一つしかない。

「ぽんぽこ、おまえなあ——」

と、説教をしかけたが、ぐるると腹の虫が鬼麿の言葉を止めた。背に腹は代えられぬ。ここは狸娘に任せておけ。腹の虫はそう言いたいらしい。

狸娘は白額虎に言葉を投げかけ続ける。

「白額虎様のおっしゃる通りでございます。お水は冷とうございます」

真面目な顔でうなずくと、どこからともなく、ぽんぽこは大きな鍋《なべ》を持ち出した。山の野鳥や猪《いのしし》、川魚などを料理するのに使っている鍋である。

「今日はぽんぽこがお料理を致します」

鬼麿と采女に宣言するように、狸娘は言った。

「料理って、まさか……」

分かり切ったことを采女は聞いている。

「猫鍋でございます」

ぽんぽこは答えた。

狸娘ときたら、白額虎を猫鍋よろしく食うつもりらしい。

ここに至って、見るからに鈍そうな白額虎も、ようやく、狸娘の黒い企《たくら》みに気づいたらしい。

――わしは食い物ではないぞ。

慌てた顔で喚《わめ》き立てている。

「わがままは申しませぬ」

ぽんぽこは鍋を片手に、白額虎へ歩み寄る。

――よさぬか、ぽんぽこ。

白額虎が逃げようとするが、食い物のかかったときのぽんぽこは一味も二味も違う。

いつもの間の抜けた狸ではない。

大きな枯れ葉を頭に載せ、「ぽんぽこ」と呪文《じゅもん》を唱えると、白い煙が、
どろん――――

――と、狸娘の身体を包んだ。

狭い小屋の中で煙を出されては、たまったものではない。鬼麿は咽《む》せながら、狸娘に文句を言おうとする。

「これ、ぽんぽこ」

しかし、すぐに白い煙は消えた。煙の中から現れたぽんぽこは狸娘の姿をしていない。

白い煙が晴れたときには、ぽんぽこの姿は大きな網になっていた。

「鬼麿様、采女様、ぽんぽこがご馳走《ちそう》致します」

狸娘は張り切っている。

「頼むぞ」

鬼麿は言った。他に言いようがない。

「白額虎様、逃しませぬ」

ぽんぽこ網は白額虎を捕らえにかかる。くるり、くるりと舞うように飛びながら、ぽんぽこ網は駄猫を追い詰めて行く。

――やめぬか、ぽんぽこッ。

白額虎は悲鳴を上げるが、ぽんぽこは聞く耳を持たない。

「たまには猫鍋も乙でございます」

本気で狸娘は、駄猫を食うつもりらしい。

――わしは旨くないぞ。

「残せばよいだけでございます」

ぽんぽこは容赦《ようしゃ》しない。

駄猫が狸娘の手中に落ちようかというとき、二匹の間に女人が割って入った。

「おやめなさい」

采女である。

鬼麿もぽんぽこも、采女には頭が上がらない。姉代わり、時には母代わりとなり、采女は世話を焼いてくれる。

男である鬼麿や、妖《あや》かしの狸娘と異なり、美しい采女は引く手数多《あまた》だった。その気になれば、行くところなどいくらでもあろう。贅沢《ぜいたく》な暮らしに背を向け、采女は鬼麿とぽんぽこの世話を焼いてくれる。

「いい加減にしないと、怒るわよ」

怖い顔で采女に睨《にら》まれただけで、ぽんぽこは青菜に塩――。しゅんとなってしまった。鬼麿も口を挟《さしはさ》むことすらできないのだ。

もとの美しい町娘に戻ると、ぽんぽこは泣きそうな顔で姉と慕う娘に言う。

「采女様、ぽんぽこはお腹が空《す》いて目が回っております」

巨大な網なんぞに化けて白額虎を追いかけ回したせいか、狸娘の腹の虫は、いっそう騒がしく鳴っている。目が回るという言葉に嘘《うそ》はなく、今にも倒れそうな顔色をしている。

「困ったわねえ」

狸娘の蛮行を止めたものの、采女も元気がない。耳を澄ませば、采女の腹の虫の音も聞こえて来そうである。

采女も鬼麿同様、鬼斬りを生業《なりわい》としているが、万一、仕事の依頼があっても、空腹では満足に刀をふるうことなどできぬ。鬼斬りにとって、空腹は死活問題であった。

「やっぱり白額虎様を犠牲に――」

と、ぽんぽこが言いかけるのを、白額虎が遮《さえぎ》った。

――わしは旨《うま》くないのう。

確かに、駄猫は食欲をそそる外見ではない。白い毛糸玉のように、もこもこしている。顔つきも間が抜けていて、有り体《てい》に言えば不細工である。

しかし、狸娘は非情にも首を振る。

「空腹は最高のご馳走でございます」

腹が減っていれば、何でも旨いと狸娘は言うのだった。どこかで聞いたような言葉だが、ぽんぽこの台詞《せりふ》にしては説得力がある。

鬼麿は口を挟む。

「采女、ここは一つ、白額虎に我らが糧となってもらおう」

「でも――」

采女の顔に迷いが見える。もう一押しで、白額虎を猫鍋にすることにうなずきそうな風情である。

気のやさしい采女であるが、食うや食わずの暮らしをしているのだ。必要があれば非情にもなろう。

そもそも、狸娘一人でも持て余しているのだ。訳の分からぬ駄猫を飼う余裕など、鬼麿たちにはない。そのことは、采女とて承知しているはずである。

「仕方あるまい」

鬼麿の言葉に、采女は黙り込んだ。

再び、大きな鍋を片手に、ぽんぽこが白額虎に歩み寄る。

——待てッ。……いや、待ってくれぬかのう。

剣呑《けんのん》な空気をはらうような口振りで、白額虎が言った。

「往生際が悪うございます、白額虎様」

腹が減りすぎておかしくなったのか、ぽんぽこの目が据わっている。狸娘の持つ鍋が怪しく光った。

「やっぱり駄目よ、ぽんぽこちゃん」

采女が我に返ったように言った。猫鍋《ねこなべ》に同意しかけていたのではなく、狸娘を説得する言葉をさがしていたのかもしれぬ。

「しかし、でございます——」

猫鍋を諦《あきら》め切れないのか、狸娘は情けない顔をしている。

「これが普通の猫なら止めはしないわ」

聞き分けのない子供を諭すように、采女は言う。

「化け猫なんて食べて、お腹を壊したらどうするの？」

2

四半刻後《しはんとき》のことである。鬼麿は、ぽんぽこと白額虎を連れて、愛宕山の山中を歩いていた。言うまでもなく、散歩ではない。

町中と違い、山には山の恵み——山菜があり獣がいて、飢えをしのぐことができる。食い物も銭もない鬼麿は、その山の恵みに頼ろうとしていた。

「やっぱり、お山はよろしゅうございますね」

狸娘は今にも、しっぽを出しそうな顔をしている。

雅《みやび》な都と呼ばれる平安京でも、飢饉《ききん》に襲われると、食い物の奪い合いとなることは珍しくなかった。

力が弱く、自分の代わりに番犬よろしく戦ってくれる者を雇えぬ庶民は、飢饉の噂《うわき》が聞こえると、愛宕山に隠れた。山に運んだ食い物が底を突いても、木の実や獣、最悪、木の根もあり、まず飢えることはないと信じられていた。

その反面、人里離れた山には、都を追われた凶状持ちや剣呑な化け物、さらには人を喰《く》らう山犬が棲《す》んでおり、絶えず命の危険に晒《さら》される。

危ないのはそれだけではない。

山の幸は愛宕山の天狗《てんぐ》のものなのだ。取るに足らぬ存在とはいえ、人の子である鬼麿が、愛宕山の山の幸に手を出すことを天狗どもは快く思っていまい。

しかも、銭にならぬという理由で、太郎坊天狗からの依頼を後回しにし、いまだに鬼火天狗さがしに着手していないのだ。太郎坊天狗にも、あまり会いたくない。

鬼麿や采女のように人の子でありながら、人の世に背を向け、獣同様の暮らしをしている者もいると聞く。住み慣れた小屋のまわりの他に足を踏み入れたくなかったが、すでに近くの食えそうな物は食い尽くしてしまっている。

「早く食い物を見つけて、小屋に帰るぞ」

鬼麿は二匹の妖《あや》かしに言った。

「食べ物でございますか……」

――どこにあるのかのう……。

狸娘と駄猫は、お互いに顔を見合わせている。

今どきの妖かしらしく、食うことは得意でも、自らの手で糧を得られないらしい。辻売《つじう》りをさがしそうな風情である。

この連中はあてにできぬ――。

鬼麿はため息をつくと、山奥へと足を進めた。

愛宕山は荒れていた。それも、妖かしや獣ではなく、人の子の手による荒れ方をしている。

平氏の世となり、京の都が荒廃しつつある中、食うに困った下人どもが愛宕山に足を踏み入れたのだろう。

「困った連中だ」

愛宕山の山頂近くで、鬼麿は顔を顰《しか》める。

天狗信仰の総本山である愛宕山では、大小問わず社《やしろ》が散見される。ここまでやって来る途中でも、いくつもの社があった。

例外なく、その社が荒らされているのだ。

壁は毟《むし》り取られ、中には柱までも切り取られ、もはや建物の体《てい》をなしていない社もあった。

「化け物のしわざでございましょうか？」

狸娘が真面目な顔で、鬼麿に聞いた。

「違う」

鬼麿は首を振る。壁板を剝《は》がしたところで、化け物には何の得もない。

「人のしわざだ」

木片を都に持って行けば、薪《まき》として売れる。実際、都の辻では、どこぞの仏像の破片が薪として売られていた。

「天罰が怖くないのでございましょうか？」

ぽんぽこが困り顔で、鬼麿に聞いた。采女に人の世の習いを教え込まれているだけに、そこらの人の子たちよりも信心深い面がある。

「人を救えぬ神仏に用などない」

鬼麿は独り言のように呟《つぶや》いた。

公家《くげ》や金持ち連中は、神だの仏だのと信心し、極楽往生するために浄財の名の下に銭を出している。現世だけでなく、あの世とやらの幸せまで銭で買えるというのだ。ならば、貧乏人には神も仏も関係ない。鬼麿自身、神も仏も信じたことはなかった。寺社などただの飾りにしか見えない。

「残っている板があったら、持って帰ろう。薪の足しくらいにはなるだろう」

鬼麿が社の壁板に手をかけたとき、ぽんぽこの髪の毛が、
ぴん――――

――――と、鋭く立った。

「妖気《ようき》でございます、鬼麿様」

狸娘の声が愛宕山に響き渡った。

3

不意に、足もとから煙《けぶ》るような霧が立ち込めて来た。

一寸先も見えぬほどの濃い霧ではないが、四辺《あたり》が見えず、白い部屋に閉じ込められたかのように思える。

「誰かいるのか？」

鬼麿は愛宕山に響き渡るほどの大声で誰何《すいか》するが、その声は霧に吸い込まれるばかりで何の返事もなかった。

「嫌な霧だ」

鬼麿は舌打ちした。視界を遮られているだけではなく、息苦しくなる不気味な霧だった。

そんな霧の中、歪《いびつ》な角を持つ般若《はんにゃ》の面が、

すう――――と、浮かび上がった。

木に彫られた面は、妬《ねた》みや苦しみ、そして、隠しようもない怒りをたたえている。京の都で鬼斬りをしている鬼麿でさえ、ここまで見事な般若の面を見たのは初めてのことである。言ってみれば、本物の鬼よりも鬼らしい面構《つらがま》えをしている。

面で顔を隠しているのでよく分からぬが、身体つきや気配から、十八、九のごく若い男のように見える。

般若の男を見て、ぽんぽこが戸惑ったような声を上げる。

「妖気が消えてしまいました」

いつの間にやら、立っていたはずのぽんぽこの髪の毛は寝ている。姿を見せたとたん、妖気の消える妖かしなど見たことがない。

「人の子でございますか？」

ぽんぽこは首をひねっている。

狸娘が首をひねるのも分からぬではない。般若の男からは、これまで鬼麿が触れたことのない類《たぐい》の気が放たれている。どこかで接したことのある気のように思えるが、鬼麿には思い出せない。

「何者だ？」

鬼麿は聞くが、般若の男は答えようとしない。黙り込んだまま、凍《い》てつくような冷たい視線を鬼麿に向けている。般若の面の下で何を考えているか、鬼麿には見当もつかない。

その物腰からは、妖かしにも下人にも見えぬが、貴族の類にも見えぬ。平安の都で、身分が判然としない男は珍しい。

それ以上、般若の男の正体を詮索《せんさく》する暇《いとま》はなかった。

すらりと聖柄《ひじりつか》の太刀《たち》を抜き、鬼麿を目がけ、般若の男が斬りかかって来たのだ。

妖かし相手の鬼斬り稼業だけあって、不意打ちには慣れている。鬼麿の刀は動き、般若の男の太刀を、きんッと受ける。

女のように細い身体だというのに、正真正銘、本物の剣士の太刀筋であった。剣圧は軽いが、研ぎ澄まされた刃物のように鋭い。

（こいつ、武士か）

鬼麿は思う。

鬼麿とて、伊達《だて》に鬼斬りを名乗っていない。一対一の斬り合いならば、誰にも負けぬ自信がある。

「下がっておれ」

と、狸娘と駄猫に声をかけ、般若の男の前に立ちはだかった。一刀のもとに斬り捨てるつもりだった。

だが、鬼麿の目論見《もくろみ》通りにはいかなかった。

音もなく――。

般若の男は、鬼麿の視界から消えていた。

「ちッ」

舌打ちすると、鬼麿は近くの大木を背にした。背後から襲われるのを避けるためである。

大木を背にした理由は他にもある。

剣術の極意は、一瞬でも早く相手の身体に太刀を走らせることである。背後に注意せず、気を一点に集中させることができれば、それだけ太刀は速くなる。

鬼麿は全身の気を前方に集中させた。

どんなに気配を消そうと、人の子である以上、人を斬る寸前の殺気まで消すことはできない。肉を斬らせて骨を断つ。鬼麿は斬られる一瞬に勝負をかけたのだった。

しかし、またしても、鬼麿の目論見は外れる。

般若の男の気配を感じ取ろうと、神経を集中させる鬼麿の耳に、

ざくり――

――と、鈍い音が聞こえた。

振り返る暇《いとま》もなく、背にしていた大木が音を立てて、どさりと倒れた。とたんに、鬼麿の背中が涼しくなる。

「まさか……」

土埃《つちぼこり》が舞い上がる中、細作りの刀を構えた般若の男が姿を見せた。冷たい殺気が、鬼麿の全身を貫く。

信じられぬことだが、十八、九にしか見えない細い身体で、自分の胴体より太く硬い大木を斬り倒したのだ。見事な腕前である証拠に、般若の男の太刀には、傷一つついていない。

般若の男は鬼麿に言う。

「覚悟しろ」

大木を斬り倒すほどの腕の持ち主とは思えぬ、女のようにやさしい声だった。しかし、その声には感情というものがまるでなかった。虫けらを殺すように、人を殺す類の男の声である。動いたとたんに斬られる――。鬼麿の背筋が凍りついた。なすすべもなく、鬼麿が立ち尽くしていると、再び、般若の男は気配を消した。

「くっ」

ソハヤノツルギを構えはしたものの、鬼麿には般若の男を倒す手立てなど思い浮かばなかった。

大木を斬り倒した般若の男の太刀筋を見るに、ただ者ではない。気配を消さず相対したとしても、勝てるかどうか分からぬ相手である。今の鬼麿には、般若の男の気を感じることさえできぬ。

不意に――。

しゅんッと風を切る音が聞こえた。

勘だけを頼りに、鬼麿は身体をひねった。

頰に冷たい痛みが走り、ぽたりぽたりと熱い血が滴り落ちて来た。――頰を斬られたらしい。

「少しはやるようだな」

霧の中で、般若の男が呟《つぶや》いた。

今の一刀を躱《かわ》せたのは、ほんのまぐれである。反対方向に身体をひねったなら、鬼麿の首はぽろりと落ちていたであろう。

気配を感じ取れぬ相手に勝てる道理はない。次の一刀で、鬼麿の身体は斬り捨てられることは明らかだった。

逃げようにも、鬼麿より般若の男の方が何倍も素早い。背を向けたとたんに、首が身体から離れるであろう。

文字通り、万策尽きた。

(下らぬ人生だった)

と、諦《あきら》めかけたとき、鬼麿の腕に、ぞくりと鳥肌が立った。そのぞくりを追いかけるように、愛宕山に散らばる何百枚もの枯れ葉が、
ぶわり――

――と、吹き上げられた。

一瞬の間を置いて、くるりくるりと枯れ葉が渦を巻き始めた。

その渦の真ん中にいるのは、一際大きな枯れ葉を頭に載せ、両手で印《いん》を結んだ狸娘であった。

「鬼麿様、助太刀致します」

ぽんぽこは枯れ葉を自由自在に操る。聞けば、ぽんぽこの命令一つで、枯れ葉は矢にも盾にもなるらしい。

強大な力を持つ妖《あや》かしであることを人目から隠すため、町中では術を使うことを采女に禁じられている狸娘だが、山中では遠慮がない。愛宕山中の枯れ葉を集める勢いで派手に術を使っている。

「ぽんぽこッ」

狸娘が枯れ葉に命令を下す。

ぽんぽこの声を吸い取るようにして枯れ葉が動き出した。

何百枚もの枯れ葉が嵐のように宙を飛び交い、鬼麿を守る壁のように舞っている。

ぽんぽこの術で刃物と化しているのか、枯れ葉が小刀か矢のように見える。

「下らぬ真似をしおって」

舌打ちとともに、いくつもの小石がぴゅうッと飛んで来たが、鬼麿の手前の枯れ葉の壁にぶち当たり砕け散った。

手も足も出ぬことに焦《じ》れたのか、吐き捨てるような声とともに虚空から般若《はんにゃ》の男が姿を現した。

「邪魔な」

般若の男は正面から斬りかかって来るつもりらしい。

「飛んで火に入る夏の虫でございます。――ぽんぽこッ」

狸娘の声が愛宕山に響く。

鋭利な刃《やいば》と化した何百枚もの枯れ葉が、一斉に般若の男を目がけ、血に飢えた肉食の蜂の群れのように殺到せんとする。

こんな剣呑《けんのん》な枯れ葉に襲われては、人の子など骨しか残るまい。幼いころからぽんぽこをよく知る鬼麿でさえ息を呑《の》むほどの凄《すさ》まじい術であった。

虎口《ここう》の難にありながらも、般若の男は落ち着いている。逃げる素振りも見せず、もう一本の太刀を抜くと、二刀流の構えを見せた。

「無駄だ」

鬼麿は呟く。

相手は数百枚もの枯れ葉なのだ。刀を一本ばかり増やしたところで、手に負えるはずはない。ぽんぽこの命令一つで、枯れ葉は般若の男の肉を削《そ》ぎ、骨を砕くことであろう。般若の男の死は、確実に近づきつつあるように思えた。

しかし、鬼麿の目の前で信じられぬことが起こった。

「京八流《きょうはちりゅう》、千手観音《せんじゅかんのん》斬り」

そんな呟きが聞こえた瞬間、般若の男の腕が数え切れぬほどに増えた。千手観音像のように見える。

もちろん、実際に腕が増えたわけではなかろう。目にも留まらぬ早技で、般若の男の腕と刀が動いているのだ。

狸娘の放った枯れ葉は、臆《おく》することなく、般若の男に襲いかかる。

さくり、さくりと枯れ葉が斬られ、般若の男に触れることなく、愛宕山の地べたに落ちる。枯れ葉を斬れば斬るほどに、般若の男の技は冴《さ》えて行くようであった。

「むむむ」

ぽんぽこがむきになるが、しょせん枯れ葉は枯れ葉。達人の操る研ぎ澄まされた刀には敵《かな》わぬ。次から次へと枯れ葉は斬られて行く。

――情けないのう。

白額虎が口を挟んだ。高みの見物と洒落込《しゃれこ》んでいたらしく、退屈そうな表情を駄猫は隠そうともしない。

「白額虎様、助けてください」

溺《おぼ》れる者は藁《わら》をもつかむ。ほんの先刻、小屋では白額虎を猫鍋《ねこなべ》にしようとしていたのに、ぽんぽこは駄猫に助けを乞《こ》う。

――仕方ないのう。どれ。

面倒くさそうに欠伸《あくび》を噛《か》み殺すと、白額虎はおのれの身体を覆っている白い毛を飛ばした。

白額虎の身体を離れたとたん、白い毛は何十、何百もの針となった。

――毛針じゃのう。

白額虎は呟いた。

「さすが白額虎様でございます」

狸娘が駄猫を持ち上げる。

「毛針で般若の男をやっつけましょう」

しかし、毛針は般若の男に向かわなかった。針と化した白い毛が、宙を舞う狸娘の枯れ葉に、ぐさりぐさりと突き刺さったのであった。

「何のつもりだ？」

鬼麿は戸惑う。

毛針を飛ばしたまではいいが、枯れ葉を打ち抜いては、少しも助けになっていない。むしろ、般若の男の手助けをしている。

——うるさい男だのう。黙って見ておれ。

生意気な口を叩《たた》くと、駄猫は毛針の突き刺さった枯れ葉に向かって、軽く息を吹きかけた。

枯れ葉に白額虎の息が触れたとたん、

ぼう——————と、白い炎が上がった。

一斉に、ぽんぽこの枯れ葉が燃え始めたのだった。

4

「鬼麿様、ぽんぽこの枯れ葉が燃えております」

狸娘が目を丸くする。

あまりの出来事に鬼麿も言葉を失う。白額虎の妖術《ようじゅつ》なのだろう。炎に包まれてはいるものの、枯れ葉は燃え尽きる気配もない。

——早く枯れ葉を動かさぬか。

白額虎は言った。

「あい」

ぽんぽこはうなずくと、「ぽんぽこッ」と枯れ葉に言葉をかけた。

白い炎に包まれた枯れ葉が、再び、般若の男へ殺到する。白い炎は地獄の業火のように燃え盛り、般若の男を焼き尽くそうと舞い狂っている。

「ふざけた真似をしおって」

舌打ちしながら、般若の男は腕を二本に戻し、何の躊躇《ためら》いもなく刀を鞘《さや》に収めた。

白い炎に包まれた枯れ葉は、般若の男まであと一寸《ちょっと》のところまで迫っている。

——諦《あきら》めおったかのう。

白額虎が呟《つぶや》き、ぽんぽこが、

「歯応《はごた》えのない相手でございました」

と、勝利宣言をした。少々、気が早いが、般若の男に勝ち目はなかろう。枯れ葉に白い炎を操られては、妖《あや》かしを狩りなれている鬼麿とて手も足も出ない。とりあえず、この場は逃げ出すかもしれぬ。

しかし、般若の男は諦めていなかった。刀を鞘に収めたのは、術を使うためであった。

般若の男は言う。

「京八流、天狗礫《つぶて》」

その声が消える前に、天空から礫が、
ひゅんッ――――

――と、飛んで来た。

それも、礫は一つではない。

ひゅひゅんッ、ひゅんッと群れをなして、次々に礫が降って来る。そして、白い炎に包まれた枯れ葉に礫が命中し、次々と地べたに叩きつけられる。

まさに一瞬の出来事であった。

数え切れぬほど宙に浮かんでいた枯れ葉が、すべて礫に射落とされ、もはや一枚も残っていない。

しかも、湿った地べたに勢いよく叩きつけられたためか、枯れ葉の火は消えてしまっている。

「天狗礫の使い手が愛宕山にいたとは」

鬼麿は瞠目《どうもく》する。

小石を雨のように降らせる天狗礫は、厳しい修行と持って生まれた才を必要とする。般若《はんにゃ》の男が、人の子なのか妖かしなのか知らぬが、やはり、ただ者ではないようだ。

「お手上げでございます」

——負けてしまったのぅ。

狸娘と駄猫は呟いた。

妖かし二匹は諦めが早い。二匹そろって、降参とばかりに両手を上げている。様子を見るかぎり、二匹とも余力は残っており、おそらく、強い敵と戦うのが面倒くさくなったのだろう。

「きさまら……」

狸娘と駄猫相手に文句を言いかけるが、鬼麿とて二匹の妖かしの気持ちは嫌というほど分かる。

剣術だけでも凄腕《すごうで》というのに、天狗礫などという飛び道具まで持っているのだ。普通に考えれば、鬼斬りごときが勝てる相手ではなかろう。

だが、この期に及んでも、鬼麿は般若の男に勝つつもりでいた。

「もう一度、おれの相手をしてもらおうか」

鬼麿は言った。

「まだ歯向かうつもりか」

般若の男は呆《あき》れたように言った。

鬼麿は感情の欠片《かけら》もない声で言い返す。

「相馬蜉蝣《かげろう》流に〝負け〟の二文字はない」

再び、刀を抜くと、鬼麿は下段の構えを取った。

「ほう」

般若の男の声が、殺気を帯びたように引き締まった。そして、二本の刀を天に翳《かざ》すと、またしても、二刀流の構えとなった。

「聞いたこともない田舎剣術の分際で、京八流に逆らうつもりか」

般若の男は鬼麿を蔑《さげす》むように言った。

鬼麿でさえ、〝京八流〟の名は耳にしている。京八流というのは、平安の世で最も強いと謳《うた》われた剣術の流派である。

京の一条堀川《いちじょうほりかわ》に住む兵法の大家にして、在野の陰陽師《おんみょうじ》・鬼一法眼《きいちほうげん》が編み出した剣法と言われている。そのあまりの強さから、〝天狗の剣術〟などと呼ばれることもあった。

鬼麿と采女の他は誰も知らないであろう相馬蜉蝣流が、京八流の遣い手に蔑まれるのも無理のないことである。

しかし、鬼麿は臆《おく》することを知らない。

「本当の天下無双の剣を教えてやろう」

鬼麿は言った。

「よほど死にたいようだな」

般若の男は冷たい口振りで、鬼麿に言葉を投げかける。

「死ぬのはきさまだ」

鬼麿は言葉を返した。

「小細工抜きで相手をしてやろう」

般若の男は言った。鬼麿の言葉が癇《かん》に障ったのだろう。姿を消すことも天狗礫を使うこともなく、真正面から打ち合おうというのだ。

般若の男の言葉に嘘はなく、薄《うっす》らと四辺《あたり》を覆っていた霧が晴れて行く。

「いい度胸だ」

鬼麿は言ってやった。

平氏が天下を取って以来、武士が脚光を浴び、様々な剣術の工夫が生まれたが、鬼麿に言わせてみれば、どれもこれも邪道である。相手よりも速く、そして強い一刀を打つことこそが、剣の極意なのだ。

刃《やいば》が般若の男に届けばそれでいい――。

相討ちを恐れる気持ちは鬼麿にはない。もとより惜しい命ではなかった。どこで死のうと、鬼麿に後悔はない。

ちらりと采女の顔が脳裏を過《よ》ぎったが、鬼麿は振り払った。

「参る」

何の躊躇いもなく、鬼麿の刀が動いた。

鬼麿に圧倒されたのか、般若の男は身動き一つしない。鬼麿は華奢《きゃしゃ》な般若の男の身体を、地を這《は》うような下段の位置から掬《すく》い上げるように刀で斬り上げた。

ざくりッ――。

何かを斬ったような、かすかな手応えが鬼麿の腕に伝わって来た。

鬼麿の口から、伝えられた技の名が落ちる。

「相馬蜉蝣流、初燕《はつつばめ》」

鬼麿の言葉が合図であったかのように、般若の面が、
すう――

――と、二つに割れた。

般若の面の下から、女と見紛《みまが》うばかりの美しい顔が露《あら》わになった。しかも、ただ美しいだけではない。世の中のすべてを恨む目つきをしている。凄みのある美貌《びぼう》が、鬼麿を圧倒した。

紙一重で、鬼麿の太刀を躱《かわ》したらしく、面こそ斬れたものの、美しい顔には傷一つついていない。

恨みを湛《たた》えた美しい男の瞳《ひとみ》が、鬼麿を射貫くように見ている。般若の男の放つ殺気が、鬼麿の心を貫く。

般若の男は言う。

「見たな。生かしておけぬ」

般若の男は疾風《はやて》のように斬りかかって来た。

最初の一刀――〝相馬蜉蝣流、初燕〟にすべてを賭《か》けていた鬼麿の身体に力は残っていない。

声を上げることもできず、藁人形《わらにんぎょう》のように立ち尽くしていた。

「鬼麿様ッ」

悲鳴にも似た狸娘の声が耳を打った。般若の男の刃は鬼麿の喉《のど》に迫っている。首が胴体から斬り離される光景が鬼麿の脳裏に思い浮かんだ。采女の泣き顔も思い浮かぶ。

「南無《なむ》三《さん》」

と、信じたこともない仏に救いを求めたとき、鬼麿の目が何かを捉《とら》えた。小石のようなものが般若の男の後頭部を目がけ、

ひゅんっ

――と、飛んで来たのである。

鬼麿の気づくものに、般若の男が気づかぬわけはない。

般若の男は、くるりと蜻蛉《とんぼ》を切ると、目にも留まらぬ早技で、白い刃をぎらりぎらりと走らせた。

唸《うな》りを上げて飛んで来た礫《つぶて》が、ほんの一瞬、ぴたりと止まった。それから、一瞬の間を置いて礫は四つに割れ、地べたにぽとりと落ちた。

いつの間にやら、礫が斬られている。

抜き身の刀を両手にぶら下げたまま、般若の男は虚空に向かって言う。

「何の真似《まね》ですか？　太郎坊殿」

般若の男の言葉に応《こた》えるように、鬼麿たちの頭上にそびえ立つ大木の梢《こずえ》が、かさりと鳴った。

今さらながら、ぽんぽこの髪の毛が妖気《ようき》を察知し、ぴんと立った。

「化け物でございます、鬼麿様」

狸娘は教えてくれる。

「化け物ではない。太郎坊だ」

般若の男は言った。

「太郎坊だと？」

音の聞こえた梢を見上げてみても、一羽の烏が翼を休めているだけである。

「いつまで烏の恰好《かっこう》をしているのですか？」

小石を拾い上げると、般若の男は烏に目がけて、ひょいと投げた。

「乱暴な」

烏は人語で呟《つぶや》くと、漆黒の羽根を一本、小石にぶつけるように飛ばした。

ぱしんッと乾いた音を立て、呆気《あっけ》なく小石は砕け散った。

一羽の烏が梢から飛び下りた。

ひらひらと木の葉のように舞い落ちながら、烏は人の形となった。

いや、人ではない。

一匹の天狗《てんぐ》だ。

「拙僧の山で勝手な真似は控えてくれぬか、牛若丸《うしわかまる》」

太郎坊天狗は般若の男――牛若丸に言った。

「牛若丸だと？　この男がそうなのか？」

余計なことと知りながら、鬼麿は太郎坊天狗に聞いた。京の都で口を糊《のり》している身で、牛若丸の名を知らぬ者はいない。涙とともに、牛若丸の名は京童《きょうわらべ》の間で語り継がれている。

元服後の名を、源《みなもと》義経《のよしつね》という。

平氏の全盛期を迎える契機ともいえる平治《へいじ》の乱で、牛若丸の父・源義朝《よしとも》は清盛《きよもり》に負け、見せしめに殺されている。

本来であれば、源氏の血を引く男児である牛若丸も殺されていたところだが、牛若丸の母・常磐御前《ときわごぜん》がおのれの身と引き換えに命を救ってくれたのであった。以来、常磐御前は清盛の妾《しょう》となり、牛若丸は鞍馬山《くらまやま》で出家の身となった。清盛の仕打ちを恨んだ牛若丸は平家打倒を胸に秘め、天狗を師匠に剣術修行に励んでいたという噂《うわさ》は鬼麿も聞いていた。

「京八流に、天狗礫か」

鬼麿は独り言のように呟いた。

鞍馬山といえば、愛宕山と並ぶ天狗の棲《す》み処《か》である。〝天狗の剣法〟と呼ばれる京八流を、牛若丸が操るのもうなずける。

さらに、いきなり襲われた理由も分かった。

牛若丸が平氏打倒を胸に秘めることを清盛が知り、追っ手として鬼麿を差し向けて来たとでも思っているのだろう。どこまで本当のことか知らぬが、清盛は鬼や妖《あや》かしの類《たぐい》を手下とし、自由に使役するという。

鬼麿の剣技はともかくとしても、ぽんぽこや白額虎の術を目の当たりにしたのだ。警戒するのも当然のことなのかもしれぬ。

太郎坊天狗は牛若丸相手に、諭すような口振りで言葉を続ける。

「鬼麿《こやつ》らは平氏とは無関係のただの貧乏人だ」

牛若丸は冷たい目で、鬼麿と二匹の妖かしを見ている。太郎坊天狗の言葉すら信じていないようだ。父を殺され、母を妾とされたのだから仕方あるまいが、ずいぶん疑《うたぐ》り深い男である。

沈黙を打ち破ったのは、能天気な狸娘だった。

出物腫《は》れ物ところ嫌わず——。ぐるるぐるるとぽんぽこの腹の虫が、情けない音を立てた。

「もう限界でございます。このままでは、お腹と背中がくっついてしまいます」

訴える狸娘の声も情けない。

牛若丸の表情が和らいだ。こんな間抜けな刺客などいないと思ったのだろう。牛若丸は頭を下げる。

「すまぬ。勘違いのようだ、許せ」

殺しかけておいて、勘違いもないものだが、文句を言うには腹が減りすぎていた。

狸娘に続き、鬼麿の腹も、ぐるると鳴った。

「天下の牛若丸と互角に打ち合うほどの腕を持ちながら、食う物もないのか」

おかしな男だと、呆《あき》れたように太郎坊天狗は言った。

「鬼麿様には困りました」

――まったくだのう。

二匹の妖かしが、太郎坊天狗の尻馬《しりうま》に乗る。

狸娘と駄猫に言い返してやろうと、鬼麿が口を開きかけたとき、目の前に白い包みが差し出された。

牛若丸が穏やかな声で言う。

「たいした物ではないが、詫《わ》びのしるしだ。受け取ってくれぬか」

手に取ってみると、ずっしりと重い。

包みを開けてみると、野鳥の卵が五つ六つと並んでいた。

「よいのか？」

鬼麿は牛若丸の顔を見る。

生まれは貴顕でも、今の牛若丸は平氏に狙われる逃亡者にすぎない。野鳥の卵であろうと、食い物は貴重なはずである。

「鞍馬山の卵は旨《うま》いぞ」

爽《さわ》やかに笑って見せると、牛若丸はふわりと飛翔《ひしょう》し、梢の上に姿を消した。

「鬼火天狗の一件、忘れるでないぞ」

捨て台詞《ぜりふ》のように念を押すと、再び、太郎坊天狗も烏となり、牛若丸を追いかけた。

「鬼麿様、早く小屋に戻って卵を食べましょう」

ぽんぽこが満面に笑みを浮かべている。

「そうだな」

鬼麿は呟き、踵《きびす》を返した。采女にも卵を食わせてやりたかった。

妖かし二匹を引き連れ、帰って行く鬼麿の背中に、牛若丸の声が聞こえた。

「今度、おぬしと会うときは味方として会いたいものだ」

5

鬼麿たちは空《す》き腹を抱えて、住み慣れた山小屋へと帰って来ていた。

結局、手に入った食糧は牛若丸にもらった卵だけであった。

「卵が手に入っただけでも上出来だ」

鬼麿は呟いた。

卵などは人の食する物ではないと言う者もいるが、鬼麿のような下人にとっては馳《ち》走《そう》と言える。

殊に、物心ついたときから、山で暮らす鬼麿たちには慣れ親しんだ食い物である。食い慣れぬと、少々、獣くさいが、食えば精がつく。

辻占《つじうらな》いの老婆が姿を消した後、獣肉や野鳥、そして、その卵を料理するのは鬼麿の役目だった。

穢《けが》れ。

不浄、汚穢《おわい》ともいう。

都の連中が肉食を避ける理由は、穢れを恐れるためであった。

平家が力を持つことができたのも、貴族どもが穢れを恐れたためとも言える。いつの世も、人が集まれば争いがある。野蛮と言われようと、人の世では力の強い者が勝つようにできている。

しかし、貴族どもは穢れを嫌い、自ら刀を持とうとはしなかった。暴力とやらを見ないようにして生きているのだ。

そんな中で、海賊を退治するほどの武力を持った平家が台頭して来たのだ。権力を手に入れるために、平家は平気で人を殺《あや》める。綺麗事《きれいごと》ばかり言っている貴族どもが、穢れを恐れぬ平家に勝てるわけがない。

「下らぬ」

口先ではそう言いながらも、穢れを気にしていた。自分の身が穢れることを恐れているわけではない。鬼麿が気にしているのは、采女だった。

鬼斬りとして生きている以上、今さらの話であるが、鬼麿は采女を穢れに近づけたくはなかった。

叶《かな》わぬ望みであろうが、鬼麿は采女に鬼斬りをやめて欲しいと思っている。身分などなくともいいから食うに困らぬ男の家に嫁に行って欲しいと思っていた。

采女には普通の女として生きて欲しい。

采女が嫁に行くことを想像すると、胸がちくりと痛む。その痛みが何なのか、考えないようにしていた。

――痩《や》せ我慢は身体に悪いのう。おぬし、采女に惚《ほ》れておるのだろう？

白額虎は小声で呟《つぶや》いた。

勝手に人の心を覗《のぞ》く白額虎の言葉を聞かぬ振りをした。痩せ我慢をしなければ生きて行けぬ鬼斬りの気持ちなど駄猫には分かるまい。

「すぐに料理を作ってやろう」

白額虎の言葉を打ち消すように、鬼麿は大声を上げた。

「鬼麿様、何を作るのでございますか？」

穢れなど知りませぬとばかりに、狸娘がまとわりつく。狸娘に気づかれぬように、そっとため息をつき、采女の花嫁姿を頭から追い払った。

「玉子焼きだ」

鬼麿は答えた。

いつもであれば、下人の身の上らしく、ろくに火も通さず生のままで卵を食うところだが、今日は数が多い。

鬼麿は普段、煮炊きしている鍋《なべ》に、卵を割り入れた。そして、器用に鍋を操り、卵を四角く焼き上げた。遠い昔、辻占いの老婆が作ってくれた料理である。鬼麿たちは〝玉子焼き〟と呼んでいる。

狸娘が鼻をひくひくと動かす。

「よいにおいでございます」

「鬼麿は料理上手ね」

采女も感心している。

「そうか」

我ながら素っ気ない言葉が口から零《こぼ》れ落ちた。こんなものしか食わせてやれぬおのれの身が、恥ずかしくて仕方なかったのだ。

鬼麿は無言のまま、玉子焼きを皿に並べる。死ぬまで自分は惨めな暮らしを送るのかと、暗澹《あんたん》たる心持ちになった。

「さあ、食べましょう」

采女は微笑む。

「いたらひまふ」

言葉より先に、ぽんぽこは玉子焼きを口に放り込んでいる。

「ゆっくり食べるのよ」

采女が狸娘に言っている。

玉子焼きを見て采女が微笑《ほほえ》めば微笑むほど、鬼麿の心は暗くなる。立身出世をするつもりが、いまだに山小屋で燻《くすぶ》っているのだ。年老いて死ぬまで、山小屋から抜け出せぬ気がした。

そんな鬼麿を尻目《しりめ》に、ぽんぽこが玉子焼きをぱくぱくと頬張る。

——これ、ぽんぽこ。わしの分を食ってはならぬのう。

「嫌でございます」

狸娘はきっぱり言った。白額虎の分の玉子焼きも食うつもりらしい。

——ぽんぽこ、おまえというやつは……。

白額虎は文句を言いかけるが、狸娘は聞いていない。

「鬼麿様、玉子焼きは美味《おい》しゅうございますね」

ぽんぽこは言った。

第四章　女剣士

1

本来、〝采女《うねめ》〟というのは女官の役職名で、娘の名ではない。少なくとも、親のない捨て子につける名ではなかろう。

それを言い出せば、鬼麿《おにまろ》にしても、下人の名乗る名としては奇妙である。早乙女《さおとめ》采女も、相馬《そうま》鬼麿も、賤《せん》の身分に相応《ふさわ》しい名とは言えぬ。

自分でそのような大仰な名を名乗ったわけではない。〝采女〟と〝鬼麿〟と名づけてくれたのは、二人を拾ってくれた辻占《つじうらな》いの老婆だった。

「おまえたちは、ただの捨て子ではないからのう」

辻占いの老婆は口癖のように言っていた。

采女も鬼麿も捨て子としては恵まれている。荒れ果てた平安の都に捨て子は多いが、たいていは拾われることなく、野犬の餌となる。

その点、貧しいながらも、采女も鬼麿も死ぬことなく育つことができた。辻占いの老婆は無愛想で、一度だって、采女と鬼麿のことを我が子として抱いてくれたことはなかったが、二人を飢えさせることもなかった。

思い返してみても、辻占いの老婆は不思議な女だった。

辻占いと言いながら、ろくに辻に立つことはなく、どんな知り合いだか知らぬが、無口な侍風の男が愛宕山《あたごやま》の小屋まで食い物を運んでくれることもあった。

人見知りをする鬼麿に、辻占いの老婆はこんなことを言ったことがある。

「この男は、おまえの家来だ」

辻占いの老婆が消えると、無口な男も姿を見せなくなったので、「おまえの家来だ」という言葉の真意はいまだに分からない。鬼麿のことをからかっただけなのかもしれぬ。

老婆の身ながら剣術もよく使い、鬼麿を京の都一の剣術使いと言っても過言でないほどにまで育て上げた。

しかも、辻占いの老婆は鬼麿だけでなく、采女にも剣術を教えたのである。

「なぜ、女に剣術が必要なのですか？」

采女が聞いても、辻占いの老婆はろくに答えてくれない。

「そのうちに分かることさ」

と、言うばかりである。

辻占いの老婆の言うことはよく分からぬが、遊女に売られるよりは、剣術の修行をしていた方がいい。

身分のない采女のような女が、乱れた平安の世で生きて行くには、金と引き換えに見知らぬ男に抱かれるか、鬼斬りのような他人《ひと》の嫌がる穢《けが》れ仕事をやらなければならぬ。

辻占いの老婆が姿を消した後も、采女は剣術の修行に打ち込んだ。鬼麿やぽんぽことの暮らしを守るためには剣術の腕を磨き、強くなるしかなかった。

「采女様、どうしてお嫁に行かないのですか？」

これまで何度も、ぽんぽこに聞かれている。

幼いころから美しいと評判を取っていた采女だけに、貴人や金持ちから声をかけられることも多く、采女さえその気になれば、妻になれぬまでも食うに困らぬ暮らしくらいはできたであろう。

身分や金を笠《かさ》に着た鼻持ちならない連中も多かったが、中には、采女のことを心から愛してくれた貴人もいた。女ならば誰もが望む良縁もあった。

しかし、采女は愛宕山の小屋から出ようとしなかった。

「わたしがお嫁に行ったら、誰が鬼麿の面倒を見るのよ」

ため息混じりに、采女は言った。

無鉄砲な鬼麿は鬼斬りに行くたびに傷だらけになって帰って来る。鬼麿の傷の手当てをするのは采女の仕事のようになっていた。

「采女様は鬼麿様のお嫁さんになるのでございますか？」

ぽんぽこの言葉に、なぜか頬が赤らんだ。

「誰があんなやつと」

怒ったような口振りで言い返す采女を見て、鬼麿好きのぽんぽこが悲しそうに呟《つぶや》く。

「采女様は鬼麿様を嫌いなのでございますか」

「嫌いって――」

采女は言葉に詰まる。狸娘相手に何と言えばいいのか分からなかった。

困り顔の采女を見て、ぽんぽこはいっそう誤解したらしく、諭すような口振りで言葉を続ける。

「確かに、鬼麿様は自分勝手でございますし、貧乏な上に、すぐ怒りますが――」

鬼麿が聞いたら、それこそ怒り出しそうなことを並べた後、采女の顔を真っ直ぐに見て言う。

「いつも、やさしゅうございます」

采女だって、鬼麿が自分を守ろうと必死になっていることは承知している。

小さな身体で刀を構える鬼麿の姿を思い浮かべ、采女は素直に言った。

「そうね。鬼麿は馬鹿みたいにやさしいわ」

「はい。鬼麿様はお馬鹿でございます」

真面目な顔で、ぽんぽこは言った。

2

采女の朝は早い。

明《あ》け烏《がらす》が鳴くと、采女は刀を片手に剣術の鍛錬の場に行く。寝泊まりしている小屋から四《し》半刻《はんとき》ばかり歩いた木々の間が、采女の剣術鍛錬の場であった。

生い茂った木々を敵と見立て、ばさりばさりと斬る鍛錬をするのだ。初めて刀を握った日から、休むことなく采女は鍛錬を続けている。

自分には剣術の才がない。だから、休むことなく鍛錬する必要があると采女は思っている。

鬼麿は采女より、おのれの剣の腕前が劣っていると思っているが、それは大きな間違いである。

采女の方が動きは素早いが、しょせんは女の剣術で、一撃で相手を断ち斬る力がなかった。仮に、鬼麿と立ち合ったとしても、傷をつけることはできるだろうが、命を奪うことはできまい。

ましてや、鬼斬りの稼業の敵は化け物である。采女の細腕では狩ることさえできなかった。

（わたしはどうしたらいいんだろう？）

化け物退治以外に生きる術《すべ》を知らぬのに、斬ることができないとは話にもならない。

考えに考え抜いた挙げ句、辿《たど》り着いたのが、この修行方法だった。もちろん、最初から木を斬ることができたわけではない。

＊

ほんの数年前のことである。

采女はおのれの非力さに落ち込んでいた。

　俗に〝霊山〟と呼ばれる愛宕山の木々はひどく硬く、非力な采女が真正面から刀を振るっても斬ることなどできない。その硬さは采女に妖《あや》かしを思わせた。

愛宕山の木々を斬ることができれば、妖かしが相手だろうと後れは取らぬだろう。

しかし、

「斬れないわ……」

どんなに力を込めても、非力な采女には木を斬り倒すことができなかった。絶望の苦さが采女の胸を覆った。

ある暑い夏のころ、京の都は嵐に襲われた。

都の多くの建物が壊れるほどの大風に、采女や鬼麿の棲《す》む山小屋も壊れてしまった。

粗末な山小屋だけに壊れることは珍しくなく、いつもであれば鬼麿が直してくれる。

しかし、今回にかぎっては、その鬼麿が熱を出し寝ついていた。嵐の中、雨に濡《ぬ》れながら鬼斬りの仕事をしたのが原因であろう。

鬼麿を休ませるためにも、一刻も早く、小屋を直す必要があった。小屋を直すためには材木が必要である。

看病を狸娘《たぬきむすめ》に委《ゆだ》ね、采女は木を斬りに山奥へ足を踏み入れた。

山小屋を出るとき、木を斬れぬ采女に、ぽんぽこが助言をしてくれた。

「木にも硬いところと軟らかいところがございます」

ぽんぽこの言葉を頼りに、采女は木々を観察することから始めた。

が、やはり、采女の目には、木は木にしか見えず、硬いも軟らかいもなかった。

「早くしないと」

采女は焦る。

壊れて風も凌《しの》げぬ山小屋では、今も鬼麿が熱に魘《うな》されている。采女を飢えさせまいと、無理に鬼斬りをしたせいだ。

突然、木々に鬼麿の姿が重なった。

「鬼麿……」

斬ろうという意思を捨て、静かに木々を見つめていると、ぽんぽこの言うところの

「軟らかいところ」とやらが見えるようになった。

試しに刀を走らせてみると、豆腐でも斬るように、簡単に木を斬ることができた。

これまで歯が立たなかったのが嘘《うそ》のようである。

木にも急所がある。

その急所に刃《やいば》を走らせれば、どんな太い木でも斬り倒すことができるのだ。鬼斬りとして妖かしと対峙《たいじ》するときも斬ろうという意思を捨て、穏やかに化け物を見ていると、急所とやらが見えた。

それまで、まるで歯の立たなかった妖かしであるのに、軽く刃を滑らせるだけで倒せるようになった。

こうして、采女は妖かしに負けぬ技を身につけたのであった。

この日も、采女がばさりばさりと木を斬り倒していると、ぽんぽこと白額虎《はくがくこ》がやって来た。

「采女様、困りました」

狸娘の眉間《みけん》には、深い皺《しわ》が寄っている。狸娘が困った顔をするのは、腹が減ったときと相場が決まっているが、今日にかぎっては何やら様子が違っている。

「どうかしたの？　ぽんぽこちゃん」

修行の手を休め、狸娘に聞く。返って来たのは、思いも寄らぬ言葉だった。

「鬼麿様がいなくなってしまったのでございます」

「え？」

そう言われてみれば、朝から鬼麿の姿を見ていない。気を集中させても、愛宕山に鬼麿の気配はなかった。

——家出かのう。

白額虎は言うが、鬼麿が家出する理由などない。

「仕事に行ったんじゃないの？」

采女は聞く。依頼された鬼火天狗《てんぐ》さがしと川鬼退治の件の片はついていないはずである。仕事熱心な鬼麿が朝から鬼斬りに励んでも不思議はない。しかし、

「ソハヤノツルギは家に置いたままでございます」

ぽんぽこは言った。いつも手にしている刀を置いて、鬼斬りに行ったとも思えぬ。

「鬼麿ったら、どこに行ったのかしら？」

「分かりませぬ」

ぽんぽこは悲しそうに答える。

滅多に、他人に心を開かぬ鬼麿であったが、不思議に狸娘のことは好きらしく、これまでも何かと連れて歩いている。

殊に、妖かし相手の鬼斬りに出向くときには、常に鬼麿のそばに狸娘の姿があった。これまで、ぽんぽこに一言の断りもなく姿を消したことはない。

——妖かしに殺されたのかのう。

白額虎は言いにくいことを、ずばりと言う。

これまで、鬼麿は数え切れぬほどの妖かしを退治している。鬼麿を恨んでいる妖かしも一匹や二匹ではあるまい。百年二百年と寿命の長い妖かしだけに、恨まれると厄介である。

「何をおっしゃるのですか、白額虎様」

——本当のことであろう。ただ、どこかで鬼麿《あやつ》の姿を……。

何やら言いかけた白額虎であったが、最後まで言うことはできなかった。

「それ以上、聞きたくありませぬ」

不吉なことを言うなとばかりに、狸娘は駄猫の口を塞《ふさ》ぐ。

勢い余ったのか、ぽんぽこの手は白額虎の鼻まで塞いでいる。

息が吸えぬのが苦しいのは人も妖かしも同じらしく、白額虎が短い四肢《てあし》をばたばたとさせている。

――むぐッ、ぐッ。

苦しそうな白額虎を気にもせず、ぽんぽこは言葉を続ける。

「鬼磨様は生きております」

人外の狸娘だけに、遠く離れた鬼磨の気を感じ取っているのかもしれない。何よりも、鬼磨が生きていると信じたいのだろう。

しかし、すると、鬼磨が姿を消した理由が分からぬ。

「拐《かどわ》かされたのでございましょうか？」

ぽんぽこが心配そうな顔をする。

狸娘の手の中で、白額虎がぐったりしているが、今は駄猫を気にしている場合ではない。采女も話を進めることにした。

「鬼磨を攫《さら》う人なんているかしら？」

貧乏人の鬼斬りを攫ったところで、何の得もない。

「得ならございます。なぜなら、鬼磨様は――」

と、言いかけたとき、狸娘の髪の毛が、

ぴん――

――と、立った。

それまで押さえつけていた白額虎を放り出し、狸娘は言う。

「妖気《ようき》でございます、采女様」

ぽんぽこの声色が変わった。

凜々《りり》しい顔立ちとなったぽんぽこの横で、息も絶え絶えに白額虎がどさりと崩れ落ちる。地べたでぴくぴく痙攣《けいれん》している白額虎のことがほんの少しだけ気になったが、漂って来る妖気に声をかける余裕もなかった。

ぞくり、ぞくりと采女の腕に鳥肌が立った。嫌な予感に采女の背筋が凍りつく。

そのぞくり、ぞくりを追いかけるように、それまでさらさらと流れていた小川のせせらぎが消えた。

不意に、お天道《てんと》様が陰り、采女たちは夕暮れすぎのような薄闇に包まれた。

「白額虎様、寝ている場合ではございませぬ。妖《あや》かしでございます」

狸娘が駄猫の頬を、ぴしりぴしりと平手で打つ。

――む……。

文字通り、息の根を止められかけた白額虎は目をさましたものの、まだ正気に戻らぬのか、ぼんやりした顔をしている。

「早く目をさまさぬと、殺されてしまいます」

騒がしい狸娘を尻目《しりめ》に、愛宕山の薄闇の中から、妖気漂う影が浮かび上がった。それも、一匹や二匹ではない。采女たちを取り囲むほどの影が見える。

——ずいぶん、おるようだのう。

ようやく正気に戻った白額虎が言う。

「二人とも下がっていなさい」

ぽんぽこと白額虎を背に隠すようにして、采女は二歩三歩と前に出る。どんな剣呑《けんのん》な相手だろうと、鬼斬りが妖かしを恐れては話にならない。

「采女様——」

心配げな狸娘にうなずき、采女は薄闇の影に言葉を投げかける。

「あなたたち、いったい誰なの？」

——甘い娘だのう。

口を挟んだのは、白額虎だった。

「采女様は食べ物ではございませぬ、白額虎様」

ぽんぽこが的外れに庇《かば》ってくれるが、白額虎の言わんとすることは、采女にも分かっている。

鬼暦であれば、とうの昔に斬りかかっているだろう。先手必勝。殺さなければ、采女の方が殺される。妖かし相手に誰何《すいか》はいらぬ。

しかし、采女は最初に話をしたいのだ。相手が妖かしだろうと、できるだけ傷つけたくない。腰の刀に手は触れているものの、采女は抜こうとしなかった。

──仕方のない娘だのう。

呆《あき》れる白額虎を尻目に、重ねて言葉をかけようとしたとき、不意に、影が消えた。

──帰ってしまったのかのう。

白額虎が欠伸《あくび》を嚙《か》み殺す。先刻まで、息苦しいほどに漂っていた妖気が幻のように消えている。

「いったい、何だったのかしら……」

采女も腰の刀から手を離す。不思議に思いながらも、戦わずに済んだことに安心もしていた。

とたんに、ぽんぽこの鋭い声が飛んで来た。

「まだ妖気は消えておりませぬ。妖かしは近くにおります」

狸娘の髪の毛は、ぴんと立ったままである。

「近くにいるって……」

采女は戸惑う。

采女とて、鬼斬りとして生計《たつき》を立てているのだ。ぽんぽこほど鋭くはないが、妖かしの気配を感じ取るくらいはできる。

先刻まで影がいた薄闇に気を集中させても、何の気配もないように思える。いつもと少しも変わらぬ愛宕山である。

采女は狸娘に聞く。

「ぽんぽこちゃん、妖かしはどこにいるの？」

ぽんぽこが答えるより先に、
ぼこり、ぼこり――

――と、土が盛り上がった。

大きな土竜《もぐら》でもいるのか、土の中で何かが動き回っている。見れば、ぼこ、ぼこりぼこりが、采女たちの方に向かって来る。

「剣呑でございます」

ぽんぽこは前に出ると、懐から大きな枯れ葉を取り出し、ちょこんと頭に載せた。

ぽんぽこが妖術を使うときのお得意の仕草である。

忍びのように、両手で印《いん》を結び、「ぽんぽこッ」と訳の分からぬ呪文《じゅもん》を唱えかけたとき、不意に地べたが裂け、

ざばんッ――――

――と、水が噴き出した。


避ける間もなく、狸娘が水浸しになる。

「冷とうございます」

ぐっしょりと濡《ぬ》れたぽんぽこが情けない顔を見せた。

――ぽんぽこ、早く倒さぬかのう。

白額虎が催促する。

町中では人目を憚《はばか》り、たいした妖力を使わぬ狸娘であったが、ここは人のいない山の中である。どれだけ妖力を使おうと自由なのだ。

百の獣、百の道具に化けることができるぽんぽこの妖力は、そこらの妖かしの及ぶところではない。本気になった狸娘に勝てる妖かしなど、今の今まで采女は見たことがなかった。

しかし、肝心要《かなめ》の狸娘は、いつまで待っても化けようとしない。濡れねずみのまま、困り果てた顔で立ち尽くしている。

「どうしたの？　ぽんぽこちゃん？」

采女は促すように聞いた。

狸娘は情けない顔で答える。

「これでは化けることができませぬ」

「え？」

ぽんぽこの言っている言葉の意味の分からぬ采女に、狸娘は内緒話でもするような小声で言った。

「葉っぱがどこかに行ってしまいました」

ぽんぽこの頭の上に載っていたはずの枯れ葉が消えている。

「葉っぱがないと化けることができませぬ」

「…………」

采女は言葉を失う。

これまた、見慣れた風景である。大雑把な性格のままに、ぽんぽこは年中、葉っぱを失くしている。どんなに妖力が強かろうと、大雑把な性格を直さぬかぎり、強い妖かしには通用しないだろう。

周囲を見回すと、ほんの二、三間先に、ぽんぽこの枯れ葉らしき大きな葉っぱが落ちている。

――あれを拾えばいいのかのう。

ちょこちょこと短い肢《あし》で白額虎が枯れ葉の方へ走る。猫の姿をした妖かしだけあって、白額虎は中々に素早い。

「さすが白額虎様でございます」

ぽんぽこが声をかけたとき、突然、白額虎の姿が地べたにすうと沈んだ。

「白額虎様が消えてしまいました」

狸娘が目を丸くしている。

「まさか」

采女も駄猫の姿をさがしてみるが、ぽんぽこの言うようにどこにもいない。忽然《こつぜん》と姿を消してしまったのだ。

「白額虎ちゃんったら、どこに行ったのかしら？」

白額虎をさがしに行こうと歩きかけた采女の袖《そで》を、ぽんぽこがつつんと引っ張る。

「ん？　どうしたの？」

早く白額虎をさがしに行こうとする采女に、ぽんぽこが囁《ささや》きかける。

「采女様、ここは逃げましょう」

「え？」

「白額虎様も消えてしまいましたが、妖《あや》かしどもの姿も見えませぬ」

確かに、いつの間にやら、ぼこりぼこりの音も消えている。

白額虎を見捨てていいものかと悩む采女に、ぽんぽこは言葉を重ねる。

「でも――」

「白額虎様でございましたら、心配には及びませぬ」

やけに自信たっぷりである。妖かし仲間の信頼感とやらか、と思いかけた采女の耳もとで、ぽんぽこは言葉を続けた。

「お腹が空《す》いたら、帰って来るはずでございます」

どこをどう聞いても、狸娘はいい加減なことを言っている。一刻も早く、家に帰りたいだけなのだろう。

「ぽんぽこちゃん、あのね――」

と、言いかけたとき、采女の足もとの方から、駄猫の声が聞こえて来た。

――助けて欲しいのぅ……。

自分の耳を疑ったが、やはり足もとの地べたの方から白額虎の声は聞こえている。

「面妖《めんよう》でございます。早く立ち去った方がよろしゅうございます」

ぽんぽこが采女を無理やりに連れて行こうとするが、すでに遅かった。面妖なことに、山小屋へ続くはずの地べたが消えている。

「川でございます」

狸娘が呟《つぶや》いた。

もこもこと盛り上がっていた地べたが、いつの間にか大きな川となり、采女とぽんぽこの行く手を塞《ふさ》いでいる。山に流れる小川のようなかわいいものではなく、海を思わせるほどの大河である。

さらに、川の流れに目を移すと、白額虎が溺《おぼ》れていた。

「役立たずでございます」

そう言いながらも、狸娘は白額虎を引っ張り上げる。もちろん、ぽんぽこの枯れ葉は戻って来ていない。

白額虎は、ぶるぶると身体を震わせた。

——もう少しで食われるところだったのぅ。

「え？　食われるって？」

聞き返す采女に白額虎は言ぅ。

——川の中に、やつらがおるようだのぅ。

白額虎の言葉が合図であったかのように、薄《うっす》らと日の光が射した。しかし、その日射しは、人の子の暮らしを照らしてくれる清らかで明るいものではなく、ひどく淡い光でしかなかった。

弱々しいお天道《てんと》様の日射しに照らされ、川の中に歪《いびつ》な角を生やし、ぼろぼろの着物を身にまとった青鬼の姿が浮かび上がる。この鬼どもには、見おぼえがあった。

「鬼麿様が退治するはずの川鬼でございます。こんなところまで追って参りました」

ぽんぽこが嘆いた。

浅ましい姿をしているが、川鬼はもともと人の子である。自分を滅しようとする相手の先手を取るくらいの頭はある。

「賢い妖かしは苦手でございます」

——わしも嫌だのぅ。

考えることが苦手そうな二匹の妖かしが、困り顔を浮かべている。ぽんぽこの枯れ葉がない上に、二匹の妖かしがこの状態ではどうにもなるまい。

「二人とも、わたしに捕まって」

ぽんぽこの言うように、三十六計逃げるに如《し》かず、この場はいったん逃げるべきなのかもしれぬ。

並の娘であれば、地べたが川となっては逃げることすらできぬだろうが、采女は鍛錬を積んだ鬼斬りである。身の軽さには自信がある。川ごときを越えることなど訳はない。

ぽんぽこと白額虎を抱きかかえると、くるりくるりと愛宕山の木に飛び乗った。生来の身の軽さと鍛錬によって、どんな細い枝であろうと折ることなく、飛び乗り、足場にすることができる。

空に逃げてしまえば、川鬼は追って来られまい。采女は身の軽い猿《ましら》のように木から木へと飛び移り、川鬼の巣くう川から逃げようとした。

不意に、ぽんぽこが声を上げた。

「采女様、危のうございます」

次の刹那《せつな》、どこからともなく、

ひゅひゅん、ひゅん、ひゅん――

――と、何かが飛んで来た。

見れば、礫《つぶて》のようである。速度は遅いが、大きな礫が唸《うな》りを上げて近づいて来る。

いったん、木の上から飛び下りて、礫を躱《かわ》そうかと思いかけたとき、狸娘が口を開いた。

「ぽんぽこにお任せくださいませ」

自信たっぷりに言い放つと、狸娘は駄猫の身体を礫に向かって突き出した。

「盾でございます。采女様、ご安心ください」

慌てたのは、盾にされた白額虎である。

――止《よ》せッ、止さぬかッ。

両の前肢《まえあし》をじたばたさせるが、ぽんぽこは聞く耳を持たない。逃げようにも、ぽんぽこは白額虎の身体をしっかりと摑《つか》み、訳の分からぬことを言っている。

「ぽんぽこは白額虎様を信じております」

そうこうしている間にも、礫は采女たちを射貫かんばかりの勢いで迫っている。白額虎の命は風前の灯《ともしび》のように見えた。
じたばたと往生際の悪い白額虎の頭に命中しようかという寸前、どこからともなく一枚の札が采女たちの目前に、

ひらり——

——と、舞い落ちた。

桜の花びらのように舞い落ちたのは、見おぼえのある護符である。

3

目の中に、墨で書かれた札の文字が飛び込んで来た。
『鎮奇怪符』
怪奇現象を鎮めると言われている霊符である。自然の理《ことわり》とやらを無視して、地べたに落ちることなく、礫の行く手を塞ぐように霊符はひらりひらりと胡蝶《こちょう》のように舞っている。

「危のうございます」

白額虎を盾にした恰好《かっこう》のまま、ぽんぽこが霊符の心配をしている。

――わしよりも霊符が心配とは、ひどい話よのう。

白額虎は嘆くが、狸娘は盾代わりにした駄猫を放さない。

「世の中というのは、ひどいものなのでございます」

ぽんぽこはしたり顔で言った。

一直線にやって来る。霊符を突き破り、駄猫の盾を打ち砕こうという勢いである。

しかし、霊符は破れなかった。

握り拳《こぶし》ほどもありそうな礫が、ぺらりとした紙の霊符に触れたとたん、音もなく砕け散ったのだ。

「丈夫なお札でございますねえ」

ぽんぽこは素直に感心しているが、ただの札ではあるまい。霊符を放った術使いがいるのだ。そして、采女の知るかぎり、こんな真似《まね》のできる人の子は一人しかいない。

「泰親《やすちか》様」

采女は陰陽師《おんみょうじ》の名を呼んだ。

「ほいな」

頭上から、気楽な声が返って来た。

見上げると、木の天辺《てっぺん》に烏帽子《えぼし》に狩衣《かりぎぬ》姿の泰親が立っている。風を受けて、桜の花びらのように、ひらひらと陰陽師の狩衣がはためいている。

陰陽師の姿を見て、ぽんぽこがしっぽを振らんばかりに騒ぎ出す。

「采女様、泰親様でございます。お嫁様がおられませぬので、暇を持て余して助けに来てくださりました」

狸娘の言葉に、泰親がずるりと足を滑らせ、木の天辺から落ちかかる。

「ぽんぽこちゃんには敵《かな》わんなあ」

独り言のように呟《つぶや》くと、ふわりと地べたに飛び下りた。川の真ん中に、ぽつりと残された三角州のようなところに立っている。

「泰親様ッ。そっちには川鬼がいますッ」

采女は声をかけたが、すでに陰陽師は地べたに立っている。

「采女はん、心配してくれはるの？」

泰親ときたら、じわりじわりと差し迫る川鬼どもを見ようともせず、采女に向かって手を振っている始末である。

――陰陽師というのは馬鹿なのかのう。

「そのようでございます。殊に泰親様はお馬鹿でございます」

駄猫と狸娘が本当のことを言った。

地べたに目を向ければ、川鬼どもの巣くう川が少しずつ広がっている。今にも、泰親の立っている地べたが削り取られそうである。呑気《のんき》に手を振っている場合ではない。

「早く泰親様を助けないと」

妖《あや》かし二匹に采女は言った。

木の上から飛び下りようとする采女を、再び、狸娘が止めた。

「ぽんぽこちゃん――」

と、言いかける采女を遮るように、狸娘は口を開いた。

「ぽんぽこによい考えがございます。泰親様がやられている間に逃げましょう」

白額虎の次は、助けに来てくれた泰親を見捨てようと言うのである。

先刻、見捨てられかけたばかりの白額虎は賛成する。

――よい考えだのう。

「そうでございましょう」

二匹の妖かしは真面目な顔で、うなずき合っている。言うまでもなく、この連中は本気で言っている。

薄情な狸娘と駄猫に、泰親が言葉を返す。

「やられまへんから、そこで見とってや」

陰陽師は腰から刀を抜いた。

「泰親様」

采女は目を丸くする。

穢《けが》れを嫌う公家《くげ》が刀を使うなどという話は聞いたことがないし、ましてや泰親は女のように細い身体をしている。刀を抜いたはよいが、見るからに重そうである。妖かし相手に、刀を振り回せるとは思えない。

しかも、相手は川鬼なのだ。地べたから川の中へは、刀など届きはしまい。采女には陰陽師が何を考えているのか分からぬ。

泰親は川鬼から視線を外し、空に向かって声をかける。

「隠れてないで、出て来なはれ。鬼火天狗《てんぐ》はん」

一瞬の間を置いて、空から野太い声が落ちて来た。

「ふざけた男だ」

その野太い声を追いかけるように、火の玉が泰親の前に舞い降り、あっという間に、赤黒い髪を持つ男となった。

赤黒い鳥の化身《けしん》のようにも見える。

「派手な登場でおますな。鬼火天狗はん」

陰陽師は言う。

「邪魔をするな、陰陽師」

赤黒い鳥の化身――鬼火天狗は言った。

「太郎坊《たろうぼう》はんに怒られまっせ」

「ふん」

鬼火天狗は鼻で笑う。

泰親の霊符に砕かれたが、先刻の礫《つぶて》は鬼火天狗のしわざであるらしい。

――野蛮な顔だのう。

白額虎の言うように、顔立ちそのものは悪くないものの、浅黒く飢えたような目つきをしている。修行僧を思わせる太郎坊天狗とは似ても似つかぬ天狗である。

「愛宕山《こんなところ》にいてはって、ええんでおますの？」

泰親は鬼火天狗に聞いた。

修行を放り出し、人の子たちに害を加えんとする鬼火天狗に制裁を加えんがため、太郎坊天狗が鬼麿に鬼火天狗さがしを依頼したのだ。

「おれ様をさがしているようだから、来てやったのだ」

鬼火天狗は泰親の言葉を鼻で笑う。

「今日から、おれ様が愛宕山の主《ぬし》だ。おまえらを始末したら、太郎坊も殺してやる」

鬼火天狗の目は、ぎらぎらと欲望に燃えている。人の世だけではなく、妖かしの世にも権力争いがあるらしい。

「馬鹿なお人や。救えまへんなあ」

鬼火天狗の言葉を聞いて、泰親は肩を竦《すく》め、小さくため息をつくと、再び、空に向かって言葉を投げかけた。

「えらいことになってますな、太郎坊はん」

空の果てから、聞きおぼえのある声が返事をする。

「愚か者は死なねば治らぬようだな」

一羽の大烏《おおがらす》が姿を現した。赤黒い鬼火天狗と異なり、漆黒の大烏である。

ばさりばさりと翼をはためかせながら、漆黒の大烏は地上に降りて来る。

大烏の姿を見て、ぽんぽこが口を開いた。

「大きな烏でございますね」

――烏というのは旨《うま》いのかのう？

「まだ食べたことはありませぬが、普通でございましょう」

——食べてみたいのう。

「ぽんぽこも食べとうございます」

こんな場合だというのに、狸娘と駄猫は食うことばかりを考えている。

「拙僧は鳥ではないぞ」

叱りつけるような言葉とともに漆黒の翼で全身を隠した次の瞬間、大烏は修験者《しゅげんじゃ》姿の太郎坊天狗となった。

太郎坊天狗は鬼火天狗に言う。

「覚悟はよいか、虚《うつ》け者《もの》」

愛宕山の主である稀代の大天狗の登場に、びりりびりりと空気が張り詰めた。

先刻まで大口を叩《たた》いていた鬼火天狗が、狼狽《ろうばい》したように後退《あとずさ》る。

「口ほどにもない」

と、太郎坊天狗が嘲《あざけ》るように笑ったとき、鬼火天狗の目から炎が走った。世の中のすべてを焼き尽くすような紅《ぐ》蓮《れん》の炎である。

「太郎坊天狗様が焼き鳥になってしまいます」

心配するぽんぽこをよそに、炎は太郎坊天狗ではなく、一本の枯れ木に着火した。

あっという間に、愛宕山の木々に炎が燃え移り、めらめらと音を立て始めた。

「おのれ」

太郎坊天狗は鬼火天狗を睨《にら》みつけるが、後の祭りである。都を塵灰《じんかい》とした鬼火天狗の放つ炎だけに、その勢いは強く、すでに大火となりかけている。

「早く消さねば、愛宕山が灰になってしまうぞ」

紅蓮《ぐれん》の炎を身にまとい、鬼火天狗はせせら笑う。

「くっ」

舌打ちするが、愛宕山を燃やしてしまうわけにはいかぬと思ったのだろう。太郎坊天狗は漆黒の翼を羽ばたかせ、火を消すために舞い上がった。

4

「役に立たんお人やなあ。何しに来たのか分からへんわ」

呆《あき》れ顔の泰親に、鬼火天狗は言う。

「陰陽師《おんみょうじ》、おまえも逃げたらどうだ？」

「逃げへん、逃げへん」

泰親は左半身《はんみ》となり、刀を右脇に構える。刀尖《とうせん》は右斜め下に向けられていた。

「泰親様、剣術を使えるのですか？」

采女は驚く。

陰陽師の構えは、〝脇構え〟もしくは〝陽の構え〟と呼ばれるもので、是が非でも相手を打ち倒すための強い攻撃の構えである。海賊退治で名を馳《は》せた平家の頭領・平清盛《たいらのきよもり》が得意とする構えとしても有名だった。

普段の泰親からは想像もつかぬほどの強い殺気が、陰陽師の刀尖に漲《みなぎ》っている。相対している鬼火天狗《てんぐ》だけではなく、見ているだけの采女までも呑《の》み込みそうな殺気であった。

「ただの公家ではないようだな」

鬼火天狗の顔から笑みが消えた。

そして、真っ赤な刀を抜くと、泰親に言った。

「斬り殺してやろう」

「遠慮しておきますわ」

力の抜けた声で泰親は鬼火天狗に言葉を返す。抜けたのは言葉の力だけでなく、泰親の身体もだらりとしている。

「む？」

鬼火天狗の眉《まゆ》が、ぴくりと上がる。

「斬り合わぬのか？」

「そんな野蛮なことはしまへん」

泰親はやる気のない口振りで言葉を返した。

戸惑いながら、鬼火天狗は泰親に声をかける。

「臆《おく》したか、陰陽師」

「臆すわけあらへんわ」

そう言いながらも、泰親は刀をくるりと腰の鞘《さや》に収めてしまった。そして、鬼火天狗など眼中にないと言わんばかりに、泰親は采女たちに話しかける。

「采女はんにぽんぽこちゃん、一緒に来てくれまへんか？」

泰親はこの場から立ち去るつもりらしい。

「え……」

采女が戸惑っていると、鬼火天狗が怒り出した。

ふざけた陰陽師に愚弄《ぐろう》されたと思ったのだろう。鬼火天狗の身体から、いっそう激しい炎が、ぶわりと上がった。

「男らしく戦わぬか」

鬼火天狗が刀を泰親に突きつける。

鬼麿であれば、刀を抜き斬りかかるところであろうが、泰親はふにゃりと笑い、のんびりした口振りで言葉を返す。

「好きで男をやっているわけじゃあらへん。それに、あんさんと戦う必要はおまへん」

「何だと？」

「まだ気づきまへんの？」

いつもと変わらぬはずの泰親の声が、このときばかりは冷ややかに聞こえた。

采女が口を挟むより先に、泰親は鬼火天狗に言う。

「背中を見なはれ」

一同の視線が鬼火天狗の背中に集まる。いつの間にか、鬼火天狗の背中に霊符が貼りついている。

「刀は囮《おとり》……」

采女の口から驚きの言葉が落ちた。殺気を込めた脇構えで気を逸《そ》らし、陰陽師の術で、鬼火天狗の背中に霊符を貼ったのだ。剣術使いには想像もできぬ陰陽師の戦い方である。

「くそッ」

鬼火天狗は背中の霊符を剝《は》がそうと身悶《みもだ》えるが、これも陰陽師の術なのか、霊符はぴくりともしない。

鬼火天狗は川に向かって怒声を上げる。

「何をしておるッ。陰陽師を始末せぬか、川鬼ッ」

しかし、川は波一つ立たず、川鬼の姿は影もない。

――いなくなってしまったのかのう……？

静まり返った川面《かわも》を覗《のぞ》きに、白額虎がとことこと歩いて行く。

見れば、川面に何枚もの霊符が流れている。

――ん？　おかしな紙が流れておるのう。

拾い上げると、『諸悪鬼断符』と朱文字で書かれている。見おぼえのある泰親の霊符である。

流れているのは霊符だけではなかった。

白額虎に釣られるように、ぽんぽこも川を覗き込み、そして言った。

「川鬼が骨になっております」

川面をよく見れば、かつて川鬼だったらしき白骨死体が浮かんでいる。陰陽師の霊符の威力であろう。

――囮にしたのは刀だけではなかったようだのう。

白額虎が呟《つぶや》いた。

川鬼退治を鬼麿に依頼したのは、鬼斬りの力を借りようとしたのではなく、川鬼を山奥に誘い出すためであったのだ。

「頭のいい妖《あや》かしでおますからな」

泰親は言った。

鬼斬りとして名を馳せている鬼麿が川鬼退治に乗り出したと聞いて、川鬼が愛宕山にやって来ることを泰親は読んでいたのだ。

最初から、川鬼どもを一箇所に集め、滅するつもりでいたのだろう。人里離れた愛宕山は、うってつけの場所である。

そして、川鬼どもを一網打尽に滅した霊符が、鬼火天狗の背中にも貼られているのだ。

「まさか、この霊符は――」

鬼火天狗が青ざめる。

「そのまさかでおます」

泰親の言葉に鬼火天狗の背中に貼られた『諸悪鬼断符』の文字が赤く浮かび上がる。

「やめろッ。やめてくれッ」

鬼火天狗は悲鳴を上げるが、泰親は聞く耳を持たない。

「鬼を滅する霊符や」

泰親は独り言のように呟くと、凍りつくような冷ややかな声で「呪《しゅ》」と唱えた。

とたんに、鬼火天狗の身体から肉片が、

ぼろり――――と、崩れ落ちた。

鬼火天狗の口から悲鳴が上がる。

耳をつんざくほどの断末魔の悲鳴が響く中、鬼火天狗の身体から、ぼろりぼろりと肉片が落ちて行く。

瞬く間に、悲鳴は消え、かつて鬼火天狗だった白骨死体が現れた。

髑髏《どくろ》から眼球の一つが、ぽろりと地べたに落ちた。

そのぽろりが合図であったように、川鬼の棲《す》んでいた川も消え、いつもと変わらぬ愛宕山が姿を見せた。

あまりの出来事を目の当たりにして、采女が言葉を失っていると、泰親が気まずそうな顔になった。

「やりすぎてしまいましたな。采女はん、すんまへん」

そう言いながらも、泰親の右足は鬼火天狗の眼球を、くしゃりと踏み潰《つぶ》した。

――容赦のない男だのう。

白額虎が呟いた。

「だから、お嫁様が来ないのでございます」

ぽんぽこが納得している。

＊

鬼麿が姿を消す数日前のことである。泰親は狸の口入屋《くにゅうや》の前にやって来ていた。

人通りの多い場所だけに、物売りが食い物や安酒を売り歩いている。

狩衣《かりぎぬ》姿の泰親を見て、物売りどもが我先にと寄って来る。どこぞの公家《くげ》の放蕩《ほうとう》息子とでも思ったのだろう。

「いりまへん」

泰親は手をひらひらさせて追い払う。

放蕩息子風であろうが、泰親は公家にしか見えない。さしもの物売りどもも無理に売ろうとせず、おとなしく引き下がって行った。が、

「あの……」

濁り酒を売っている酒売りの親父だけが、しつこく泰親に声をかけて来る。

泰親はため息混じりに言う。

「いりまへん。酒は飲みまへん」

「でも……」

気の弱そうな男なのに、追い払っても向こうへ行こうとしない。

あまりのしつこさに苛立《いらだ》ち始めたとき、泰親の足もとから面妖《めんよう》な声が聞こえて来た。

——銭を払って欲しいのう。

視線を落とすと、白額虎が泰親を見上げている。

「こんなところで何してますねん？」

しゃがみ込んでみると、白額虎は酒くさかった。銭もないくせに、酒売りの濁り酒

を飲んでいたらしい。

――ぽんぽこに食われそうになってのう……。

よく分からぬが、白額虎は逃げて来たようである。

「知りまへんがな」

泰親が聞きたいのは、家出の理由ではなく、なぜ自分の前に現れたかなのだ。白額虎が猫鍋《ねこなべ》になろうと、泰親の知ったことではない。

――おぬしと一緒にいれば、食うに困らぬと思ったからに決まっておるのう。

白額虎ときたら、他に理由などあるものかと言わんばかりである。酒代を払わせようとしているばかりでなく、さらに堂々と、泰親に飯をたかるつもりらしい。

「旦那《だんな》……」

泣きそうな顔で困り果てている酒売りを見て、泰親は仕方なく銭を払う。

「えらい損ですわ」

泰親はため息をつくと、気を取り直すように、娘二人の名を口にした。

「采女はんとぽんぽこちゃんは？」

――逃げて来たのだから、おるわけがないのう。わしの頼りはおぬしだけだのう。

白額虎は言った。

「白額虎はんに頼られても、ちっともうれしくありまへんわ」

嫁のいない泰親の嘆きは止まらない。泰親としては、采女かぽんぽこに家出して来て欲しかった。

「世の中、無常でおます」

泰親は愚痴を零《こぼ》す。

しかし、白額虎は陰陽師《おんみょうじ》の話を聞いていない。

――口入屋《くにゅうや》というのは初めてだのう。

もの珍しげに呟《つぶや》くと、とことことロ入屋の中に入って行ってしまった。

「白額虎はん、あんたなあ――」

ため息をつきながら、泰親は駄猫を追いかけた。


――家の中に狸がおるのう。

一足早く口入屋に入った白額虎が、訳の分からぬことを言っている。

「荒《あば》ら屋じゃあるまいし、狸がいるわけあらへんわ」

馬鹿な駄猫ですねんと呟きながら、泰親は口入屋に足を踏み入れた。

とたんに、面妖な生き物が泰親の目に飛び込んで来た。

「なんで、狸が着物を着てますねん？」

陰陽師の口から、疑問が零れ落ちた。

泰親と白額虎の目の前に、一匹のでっぷりとした狸が座っていた。ぽんぽこが美しい狸娘なら、こちらはむさ苦しい狸親父である。

しかも、ただの狸ではない。

目の前の狸ときたら、人が五、六人は座れようかという大きな机に座り、筆で何やら書いている。泰親の目には、魑魅魍魎《ちみもうりょう》の類《たぐい》にしか見えない。

「化け物でおますな」

泰親は化け物退治の護符を取り出した。狸の化け物がなぜ口入屋にいるのか考えるのも面倒くさいので、取り敢《あ》えず浄化してしまうつもりだった。

「呪《しゅ》」

言葉とともに護符を放とうとした刹那《せつな》、泰親の耳もとで、
すぱんッ――――

――――という音が鳴った。

すぱんを追いかけるように、泰親の護符がぱらりと真っ二つになった。

ぺらぺらの紙を真っ二つにできるほどの手練《てだ》れなど、滅多にいるものではない。

泰親は一人の男の名を呼ぶ。

「鬼麿はん、来てはったん?」

陰陽師の言葉に答えるかのように、部屋の片隅に刀を持った若い男が浮かび上がった。

「それはこっちの台詞《せりふ》だ。口入屋に何の用だ? 朝廷子飼いの陰陽師が職さがしでもあるまい」

若い男——鬼麿は言った。

「腕の立つ男をさがしに来ましたねん」

泰親は言った。

初めて訪れたときには鬼麿も間違えたが、口入屋の机に座っているのは狸や化け物の類ではない。

「口入屋の主人《あるじ》、たぬ吉だ」

鬼麿は物知らずの陰陽師に教えてやった。ついでに、泰親のことをたぬ吉に教えてやるが、聞いているかどうかは定かではない。

「太吉《たきち》でございます、鬼麿様」

口入屋の主人は真面目な顔で、鬼麿の言葉を訂正するが、見るからに狸親父なのだから、〝たぬ吉〟で十分だ。

鬼麿はたぬ吉の言葉を聞き流し、曲者《くせもの》の陰陽師に話しかける。

「金になる仕事なら、おれが請け負うぞ」

「鬼麿様――」

たぬ吉が渋い顔を見せた。仕事の仲介をして銭を受け取るのが口入屋なのだ。客同士が勝手に話をまとめてしまっては、たぬ吉の懐には一銭も入らぬ。

渋い顔のたぬ吉をよそに、泰親は破顔する。

「鬼麿はん、引き受けてくれはりますの？」

「金次第だ」

鬼麿は釘《くぎ》を刺した。

金にならぬ仕事ばかりを引き受けていては顎《あご》が干上がってしまう。現に、今も鬼麿の腹の虫が喧《やかま》しく鳴っている。

腹を減らしているのは鬼麿だけではない。

――何か食わせてくれぬかのぅ。

だらしなく口入屋の床に顔をつけながら、白額虎が腹をぐるると鳴らしている。

「みっともなかろう」

鬼麿は駄猫に言ってやる。

ぽんぽこにせよ、白額虎にせよ、妖《あや》かしという輩《やから》は嗜《たしな》みというものがないらしい。

駄猫相手に説教を続けようとしたとき、甘い米のにおいが鬼麿の鼻に、

ふわり――――

――――と、届いた。

見れば、食い物らしき皿を手にした艶《あで》やかな三十《みそじ》前の女が姿を見せた。

「いい女でおますなあ」

――食い物のにおいがするのぅ。

泰親と白額虎は驚いているが、口入屋に通い慣れている鬼麿にとっては、お馴染《なじ》みの風景である。

「小染《こそめ》、飯など出さずともいいと言ったはずです」

ただでさえ渋い顔を、たぬ吉はいっそう渋くする。

女の名は小染といい、たぬ吉の女房である。じじむさいたぬ吉と並ぶと、親子のように見える。

「鬼麿様も泰親様も客でさえないのですよ」

ぶつぶつと文句を言っているが、たぬ吉は若い女房に惚《ほ》れている。

小染が野良犬の雄に、ふざけて「わんッ」と言っただけで、たぬ吉ときたら嫉妬《しっと》し、弓矢を手に何の罪もない野良犬を追いかけ回すのだった。

小染は小染で、たぬ吉の言葉など聞いていない。

「鬼麿様みたいなかわいい坊やが、お腹を空《す》かしては気の毒ですよ」

歯切れよく言うと、鬼麿と白額虎の前に皿を差し出した。

見れば、飯を握って、軽く炙《あぶ》った食い物が皿の上に山盛りに載っている。

「屯食《とんじき》でおますか」

泰親は言った。

屯食とは、貴族が下仕《しもづか》えの者に振る舞う料理の一つであるが、これほど山盛りに積み上げはしない。

「わたしは焼きお握りと呼んでおります」

小染が答える。

握った飯を焼いたものだから〝焼きお握り〟なのだろうが、口入屋にやって来る鬼斬りのことも意識しているに違いない。小染が口入屋にいるかぎり、焼きお握りにありつける。

——旨《うま》ければ、屯食でも、とんちきでもいいのう。

白額虎は熱々の焼きお握りに、かぷりとかぷりつき、釣られたように、鬼麿も焼きお握りを手に取った。飯の熱さが心地いい。

「旨そうだな」

鬼麿の口から、正直な言葉が零《こぼ》れ落ちた。

ぱくりと口に含むと、焦げた飯の香ばしさと甘さが口中に広がった。

次々と焼きお握りを平らげて行く白額虎を尻目《しりめ》に、鬼麿の手がぴたりと止まった。

——食わぬのか？　ならば、わしが食ってやろうかのう。

伸ばした白額虎の前肢《まえあし》を、鬼麿はぴしりッと叩《たた》いた。

——痛いのう。

涙目になった白額虎を無視して、鬼麿は小染に言う。

「焼きお握りを持って帰っていいか？」

鬼麿の脳裏に、腹を空《す》かせているぽんぽこと采女の顔が思い浮かんでいた。ぐるぐるという狸娘の腹の音まで聞こえて来るような気がする。

「好きなだけお持ち帰りくださいな」

小染は言うと、鬼麿が焼きお握りを懐に入れやすいように気を遣ってか、たぬ吉と姿を消した。これ以上、口入屋にいても食い物にありつけぬと思ったのか、はたまた、飽《あ》きてしまったのか、白額虎もとことこと外へ出て行ってしまった。

ぽんぽこと采女のために、鬼麿が焼きお握りを手に取っていると、不意に、独り言のように泰親が呟《つぶや》いた。

「惨めでおますな」

陰陽師《おんみょうじ》の無遠慮な言葉に、再び、鬼麿の手が止まった。

「何だと？」

尖《とが》った声で、鬼麿は陰陽師に聞き返す。知らず知らずのうちに鬼麿の右手は腰の刀に伸びていた。相手が泰親であろうと、惨めと言われて黙っていることはできない。事と次第によっては斬り捨てるつもりだった。

殺気に気づいているはずなのに、呑気《のんき》な笑みを浮かべながら泰親は鬼麿に言う。

「鬼麿はんたちの将来を見せましょ」

「将来だと？」

「そうでおます」

陰陽師の手から二枚の護符が、
ひらり、ひらり――

――と、舞った。

護符には『神通符・第一組霊符』、『神通符・第二組霊符』と書かれている。二枚の護符は仲の悪い胡蝶《こちょう》のように距離を置きながら、ひらひらと鬼麿の目の前で舞っている。

「何のつもりだ？」

「護符と護符の間に鬼麿はんの将来が見えるはずでおます」

鬼麿は護符を見た。

＊

ぽつりぽつりと雨が降っている。

見慣れた愛宕山の薄暗い小屋の中で、鬼麿が横たわっていた。病んでいるのか骸骨《がいこつ》のように痩《や》せこけ、しきりに咳《せき》をしている。

「鬼麿様……」

枕もとで、ぽんぽこが困った顔をしている。ぽんぽこもろくに食っていないのか、頬が痩けていた。

今の小屋以上に、護符の中の小屋はがらんとしており、食い物などどこにも見当たらない。

(当たり前だ)

鬼麿は思う。

朝から晩まで寝る間も惜しんで働いて、どうにか生きているのだ。寝ついてしまっては、顎《あご》が干上がらぬ方がおかしい。

暗澹《あんたん》たる気持ちで、泰親の護符を覗《のぞ》き込んでいると、小屋の中に白額虎が飛び込んで来た。呑気な駄猫にしては、珍しく慌てている。

――ぽんぽこ……。

息が切れたのか、上手《うま》く言葉にならぬようである。

狸娘は駄猫に聞く。

「白額虎様、采女様のお仕事は終わったのでございますか？」

白額虎を連れ、采女は鬼斬りへと出かけていたようだ。言うまでもないことだが、鬼麿が倒れたのだから、生計《たつき》は采女の細い肩にかかっている。

しかし、白額虎のそばに、采女の姿は見えない。病床の鬼麿の咳の音が、やたらと耳につく。嫌な予感に、ぷつりぷつりと鳥肌が立った。

ぽんぽこも不吉な思いに駆られたのか、泣きそうな顔で白額虎に重ねて聞く。

「采女様はどこでございますか？」

ようやく息が落ちついたらしい白額虎が口を開いた。

――死んでしもうたのう。

泰親に幻を見せられている鬼麿の脳裏に、采女の死に様が浮かんだ。

数え切れぬほどの妖《あや》かしに囲まれ、全身を嚙《か》まれながら采女は死んで行った。そして、都の連中は采女を助けようともせず、汚いものでも見るような目で一瞥《いちべつ》し通りすぎて行く。

陰陽師の見せる幻と知りながら、鬼麿はいても立ってもいられなくなり、悲鳴のような叫び声を上げた。

「采女ッ」
鬼麿の悲鳴が合図であったかのように、目の前の幻が、
ぱたり――
――と、音を立てて消えた。

鬼麿は一寸先も見えぬ漆黒の闇に取り残される。

「もう十分だ……」

独り言のように鬼麿が呟いた。

水たまりに落ちた小石の波紋のように、鬼麿の呟き声は闇に広がったが、泰親は返事をしない。深い闇だけが鬼麿の前に姿を見せている。

「もう十分だッ」

耳を劈《つんざ》くような大声で、同じ言葉を口にした。

しかし、泰親は返事をしない。どんなに大声を出しても、鬼麿の声は誰にも届かぬようだった。

返事のない闇の中で、鬼麿は叫び続ける。

「こんな明日はいらぬッ。もう貧乏は十分だッ」

5

鬼火天狗《てんぐ》を退治した半刻後《はんとき》のことである。

京都鴨川《かもがわ》の東、五条と七条の間にある六波羅《ろくはら》を采女たちは歩いていた。

――立派な町だのう。

白額虎の言葉に、ぽんぽこが同意する。

「美味《おい》しいものがたくさんありそうでございます」

――旨《うま》い酒もあるかのう。

泰親に連れられてやって来た六波羅を見て、白額虎とぽんぽこが感心している。何を見ても、飲み食いのことを考えるのは相変わらずである。

泰親が言うには、この六波羅に鬼麿がいるらしい。

「鬼麿はんは、こっちにおます」

泰親は鴨川近くの道を歩いて行く。

六波羅のある鴨川の東は〝辺土〟とも呼ばれ、京中から外れた場所にある。だからと言って、寂れているわけではない。平家が天下を取って以来、京中よりも栄えているくらいである。

白河法皇《しらかわ》の白河殿も、平家一門の邸宅も鴨川の東にあり、公家《くげ》や皇族たちの邸宅は左京《さきょう》に集中している。金色《こんじき》に輝く雅《みやび》な屋敷が軒を連ねている。

屋敷に負けぬほど雅に着飾った娘や女たちが、我がもの顔でしゃなりしゃなりと道を歩いている。采女や鬼麿のような鬼斬り風情が足を踏み入れるところではない。

「このようなところで鬼麿様は何をやっているのでしょうか？」

いつも、鬼麿と一緒にいるぽんぽこが不安そうな顔をしている。勘の鋭い狸娘だけに、嫌な予感に襲われているらしい。

嫌な予感ほど的中するのは、人も妖かしも同じことだった。鬼麿は、とんでもないことに巻き込まれていた。

「六波羅御前試合に出てはります」

泰親の言葉を聞いて、采女は目を丸くした。

「まさか……」

鬼斬り風情であろうと、武によって身を立てている者で、〝六波羅御前試合〟の名を知らぬ者はいない。

瀬戸内《せとうち》の海賊の反乱を鎮圧し名を揚げた清盛は、朝廷内の地位を確立した今でも武人たることを忘れずにいる。

武は力なり。

力こそ権力なり。

腕自慢の連中を厚遇で雇い入れるのであった。六波羅御前試合のころになると、京だけではなく、各地から武人たちが集まって来る。実際、今も地方からやって来たらしい武人と、その家族と思われる連中の姿が何人も見える。

しかし、武人にも家柄というものが付きまとう。身分のない鬼麿などが出られるはずはない。

「わてが紹介しましたんや」

泰親が言った。

「え？」

ますます采女には訳が分からない。

安倍晴明《あべのせいめい》の血を引く泰親の口添えがあれば、御前試合に出ることもできようが、采女は一言も聞いていなかった。

「鬼麿はんに口止めされたんや」

泰親は言うが、ならば采女たちを連れて来た理由が分からぬ。

「次の鬼麿はんの相手が強敵でおます」

泰親の言葉を聞いているうちに、天に伸びるような高い建物が見えて来た。天に棲《す》むという神とやらのところまで届きそうなほどに高い建物である。

――立派な建物だのう。

「あのような高い建物は、愛宕のお山にはございません」

建物を見上げる二匹の妖かしに泰親は言う。

「今日の試合のために作りはったんや」

清盛の鶴の一声で、清水寺《きよみずでら》に御前試合のための舞台が作られたというのだ。少々、離れていても試合を見ることができる。

見れば、清水寺の舞台の上で、二人の男が対峙《たいじ》している。

「勝った方が鬼麿はんの相手やね」

泰親の言葉に声を上げたのは、ぽんぽこだった。

「蘆屋《あしや》右京《うきょう》様がいらっしゃいます」

狸娘の言うように、清水寺の舞台の上には、女人のような右京の姿があった。野心家の右京らしく、御前試合に出ているらしい。

——右京《あやっ》が相手では、鬼麿も危ないのぅ。

白額虎がしたり顔で言った。

「鬼麿……」

采女は気の強い弟のような男のことを案じる。

安倍晴明と並ぶ稀代の陰陽師《おんみょうじ》・蘆屋道満《どうまん》の血を引く右京である。先立っての泰親と右京の戦いのことは聞いている。剣術使いごときの歯の立つ相手ではない。今すぐにでも、鬼麿を愛宕山に連れ帰りたかった。

「泰親様、右京様と鬼麿を戦わせるのをやめさせてください」

采女は言った。

しかし、陰陽師は首を縦に振らない。

「もう手遅れですわ」

清水寺の舞台に上がった以上、引き返すことはできぬという。

「そんな」

「それに——」

泰親は言葉を続ける。

「鬼麿はんの相手は、右京はんではおまへん」

＊

六波羅御前試合の決まりは、至って簡単である。

清水寺の舞台の上で戦い、最後まで立っていた方が勝つ。ただ、それだけだった。弓でも刀でも自由に使うことができた。

兵《つわもの》どもが夢の跡。

すでに何人もの武人が倒れたのだろう。微《かす》かに血のにおいが采女の鼻に届いた。おのれの野心のために、人が人を殺す場所なのだ。采女や鬼麿のいるべきところではない。

そして、また一人、武人が倒されようとしている。

「――蘆屋右京の力を見せてやろう」

右京の声が六波羅に響き渡る。

「面白い」

若武者は笑った。この若武者が右京の相手であろうが、少年のようにも大人のようにも見える不思議な風貌《ふうぼう》をしている。

「いつまで笑っていられるかな」

不敵な面構《つらがま》えの若武者に見せつけるように、右京が九字を切った。

「臨・兵・闘・者・皆・陣・列・在・前」

そして、右京の指が縦に四線、横に五線を描く。

宙に描かれた九本の線は、青白い炎を身にまとった九匹の蛇となり、右京と対峙している浅黒い若武者へと走って行く。

「式神《しきがみ》使いか」

独り言のように呟《つぶや》くと、若武者は目にも留まらぬ早技で弓を引き、たたんと九本の矢を放った。

九本の矢で寸分違《たが》わず九匹の蛇を、
ぷすり、ぷすり――

――と、射貫いた。

炎に水を浴びせたように、九匹の蛇が消え失せた。九本の矢が右京の足もとに、ぽとりと落ちる。

「馬鹿な」

右京の口から呟きが漏れた。

顔色を失う右京に歩み寄り、若武者は言う。

「術で武士の相手をしようなど愚かな男だ」

地べたに転がる九本の矢を拾うつもりなのか、若武者が右京に歩み寄る。若武者は稀代《きだい》の陰陽師にして、大盗賊の右京を少しも恐れていない。

「愚かなのはきさまだ」

負け惜しみにしては、右京の言葉には自信が満ち溢《あふ》れている。笑みが大きくなり、今にも笑い出しそうに見える。

「何を言っておるのだ？」

怪訝顔《けげんがお》の若武者に、右京は言葉を重ねる。

「この距離では弓は使えまい」

右京の右手が若武者に伸びる。いつの間にか二人の距離は縮まり、手を伸ばせば届くほどの近さになっていたのだ。

「捻《ひね》り潰《つぶ》してくれる」

右京は残忍な笑みを浮かべた。

女のような姿をしているが、右京は京の都で最も凶悪と言われた盗賊である。素手で人を殺すことなど訳もないだろう。

「――逃げればいいのに」

采女は思わず呟いた。もちろん、采女は清水寺の舞台から逃げ出せと言っているわけではない。

いったん距離を取れば、一度に九匹もの陰陽師の蛇を射貫いたほどの弓を使える。たとえ、右京といえども、あの弓を躱《かわ》すことはできまい。若武者を用心しているのか、右京の動きは遅く、距離を取ることなど容易《たやす》いように見える。

しかし、若武者は背を向けようとしない。仁王立ちのまま、若武者は右京に言う。

「陰陽師ごときに背中を見せぬ」

若武者の言葉に、右京はほんの一瞬だけ右手を止めたが、すぐに残忍な笑みを浮かべた。

「ならば、死ぬがいい」

右京の毒蛇のような右手が、若武者の喉《のど》を摑《つか》んだ。右京の右手は喉仏《のどぼとけ》に食い込み、今にも若武者の首を千切ってしまいそうであった。

ぎりぎりぎりと若武者の首が軋《きし》む。

「その言葉、そのまま返そう」

掠《かす》れた声で若武者が囁《ささや》いたとき、無防備な右京の背中に、はるか上空から落ちて来た矢が、

ずぶり――――と、突き刺さった。

若武者の矢は右京の急所を、的確に貫いている。

「おのれ……」

言葉とともに、つつつと右京の口から鮮血が流れた。若武者の喉を摑んでいた右京の右手から力が失われて行く。若武者は顔色一つ変えず、力を失って行く右京を見ている。おのれの喉を摑む右京の右手を振り解《ほど》こうともしない。

――たいした男よのう。

独り言のように白額虎が呟いた。

若武者の神技を目の当たりにして、百戦錬磨の鬼斬りである采女も言葉が出ない。

「放った矢は十本だ」

若武者は言った。

先刻、青白い炎蛇を射貫いたとき、目にも留まらぬ早技で一本だけ空高く矢を射ておいたのだ。しばしの時を置き、その矢が地上へと落下し、右京の背中を射貫いたのであろう。無防備に右京に歩み寄ったのも、陰陽師《おんみょうじ》を侮ったわけではなく、最初から決められていた策略なのである。

音もなく――。

右京の身体が清水寺の舞台に崩れ落ちた。矢に貫かれた右京は、ぴくりとも動かない。

一瞬の沈黙の後、どこからともなく烏帽子《えぼし》姿の立会人が現れ、都中に響き渡るほどの大声を上げげた。

「勝者、下野国《しもつけのくに》、那須与一宗高《なすのよいちむねたか》殿」

この若武者――那須与一こそが鬼麿の戦う相手であった。

第五章　天下第一の弓矢使い

1

名門に生まれぬかぎり、おのれの手で運命を切り開かなければ、下人は一生、下人のままである。

平家――それも、清盛《きよもり》召し抱えと聞き、御前試合に腕自慢の猛者《もさ》どもが集まったが、気づいたときには、わずか二人となっていた。

平《たいらの》清盛召し抱えを賭《か》けて、与一《よいち》と戦うことになったのは、相馬《そうま》鬼麿《おにまろ》という若い剣士であった。

野獣のように鋭い目をした若者である。

これまで傷一つも負わずに勝ち抜いて来た与一と違い、鬼麿の身体は傷だらけだった。与一の目から見ても、戦えるような状態ではなかった。

しかし、与一も立会人も鬼麿を止めようとしない。

そもそも、この御前試合は平家の兵士を選ぶためのものなのだ。殺し合いの場で役に立たぬ者など必要ない。鬼麿が自分で舞台から降りぬかぎり、御前試合という名の殺し合いは始まる。

「始めッ」

朗々たる立会人の号令の下、鬼麿が刀を抜いた。刀も鬼麿同様、刃が毀《こぼ》れ、ぼろぼろになっていた。

(こやつ……)

与一は瞠目《どうもく》した。

刀と弓矢を交えるまでもなく、立ち合っただけで鬼麿の強さは与一に伝わって来た。これまで数え切れぬほどの武人を見ているが、鬼麿の強さは図抜けている。手負いの虎とはよく言ったもので、全身の傷が鬼麿の実力をいっそう高めているように思える。

与一が驚いたのは、鬼麿の強さばかりではない。

(似ている)

鬼麿から目を離すことができなかった。

「何をぼんやりしているッ」

怒声とともに鬼麿が打ちかかって来た。

平清盛の御前試合で勝ち上がって来るだけあって、鬼麿の剣は想像したよりも鋭かった。聞けば、鬼麿は貧しく、立身出世の野心に身を焦がしているという。

並の武人であれば、鬼麿の気を押し返すことができず、一瞬で斬り捨てられていることだろう。

しかし、与一は眉《まゆ》一つ動かさない。

鬼麿の刀が与一を斬り捨てようという中、のんびりとしたようにさえ見える手つきで矢を、
ひゅうッ――

――と、射た。

一条の光と化した矢が、鬼麿の刀に、
ちゃきんッ――

――と、命中した。

金《かな》くさい火花とともに、鬼麿の刀がぽきりと折れた。

矢で刀を折られたことが信じられぬのだろう。折れた刀を手に、鬼麿が棒立ちになっている。

「まさか……」

与一に言わせれば、驚くようなことではない。どんな名刀にも脆《もろ》いところはあり、与一の矢はそこを射貫いたのだ。川を挟んだ先に生えている野茨《のいばら》の棘《とげ》さえ射貫く与一の腕前をもってすれば、刀の弱点を射貫くことなど容易《たやす》い。

しかも、鬼麿の刀は鈍《なまくら》である。聞けば、普段と違う刀で御前試合に臨んでいるらしい。

与一は鬼麿に言う。

「もう勝負はついた」

「何だと？」

目を見張っている鬼麿に与一は言ってやる。

「鬼麿とやら、おぬしはおれには勝てぬ」

「刀を折ったくらいで調子に乗るなッ」

鬼麿は吠《ほ》えるが、与一はいっそう静かに言葉を重ねる。

「おぬしがおれに勝てるはずがないのだ」

なぜなら、鬼麿はかつての与一によく似ている。昔の与一が今の与一に勝てるはずがないのだ。

「勝てぬだと？」

鬼麿の顔が憎しみに歪《ゆが》む。与一を睨《にら》みつける顔つきさえ、遠い昔の自分の顔に見える。

2

与一は貧しい山村に生まれた。

身分などというものはなく、借り物のわずかばかりの田畑を耕して口を糊《のり》していた。武で身を立てるつもりでいたものの、刀より鍬《くわ》を握る時間の方が長く、武人であることすら自信が持てずに毎日を送っていた。

自分の物でさえない田畑を耕して朽ち果てるのかと枕を濡《ぬ》らすことも珍しくなかっ

た。自分の暮らしの貧しさが恥ずかしく、一刻も早く、この暮らしから抜け出したかった。

あるとき、与一は天下第一の弓の名人になろうと志を立てた。天下第一の弓矢使いにでもならぬかぎり、武人としての誇りを持てそうになかったのだ。

当時、与一の住む山村には、百歩を隔てて柳葉を射るに百発百中するという達人・飛衛《ひえい》がいた。すでに八十を超えた老齢であるが、弓矢の腕は天下に鳴り響き、いまだに飛衛を召し抱えようと貴人たちが列をなすというのだ。与一の知る中で、最も有名な武人と言える。

この飛衛の弟子になるより他に、与一の取るべき道などないように思えた。

弓の名人になるという志を叶《かな》えるため、幼馴染《おさななじ》みであった妻を捨て飛衛の門人となった。

「妻を捨てなくとも弓の修行はできるだろう」

「天下第一の弓矢使いになったら、妻を迎えに行きます」

それまでは独りで暮らすつもりだった。

「馬鹿な」

飛衛は与一をたしなめたが、飛衛自身、妻帯しておらず子もいない。与一の他に弟子も取っていなかった。

そして、与一の目には、白髪に白い鬚《ひげ》を長く伸ばした飛衛の姿は弓の名手というよりも、世を捨てた仙人のように見えたが、その穏やかな外見に似ず、飛衛の弓の腕前は噂《うわさ》以上で、与一は生きるすべてを弓矢の修行に打ち込まなければ、天下第一どころか飛衛の足もとにも及ぶことができぬように思えたのだ。妻を養うために田畑を耕している暇などない。

「まだ間に合う。妻のもとに帰ったらどうだ？」

与一は眉をひそめる師に言った。

「妻よりも弓の名人になる方が大切なのです。人の心を捨てても天下第一の弓の達人になりたいのです」

「妻女を哀れと思わぬのか？」

「妻もわたしが天下第一になることを望んでいるはずです」

すでに、与一の心に妻はいなかった。

取りつく島もない与一の言葉を聞いて、飛衛は「人であることをやめるとは愚かな」と独り言のように呟《つぶや》いたが、それ以上は何も言わず、おのれの持つ弓矢の技を教えてくれた。与一も妻のことを忘れ、弓の修行に打ち込んだ。

一方、捨てられた妻は、と言えば、手に職もないか弱い女のことで食うに困り、ついには庭の桜の木で首を括《くく》ってしまった。身寄りのない天涯孤独の女だけに、首を吊った後も、何日も桜の木にぶら下がっていたという。

与一のもとにも妻の死の知らせは届いたが、その知らせに耳を傾けようともしなかった。墓を作ってやるどころか、死骸《しがい》も打ち捨てておいた。いずれ飢えた野犬が片づけてくれることだろう。妻を弔ってやる時間さえ惜しかったのだ。


それから三年の歳月が流れ、人の心を捨てた与一の弓矢の腕前は、めきめきと上達し、飛衛の他に敵はないと言われるまでになった。

噂を耳にした豪族や金持ちの使いが、将軍として雇おうと黄金を荷馬車に積んでやって来ることも珍しくないほどだった。

しかし、与一は誰にも雇われようとしなかった。もちろん、野心が消えたわけではない。むしろ、天下第一の弓矢使いになるという野心は、与一自身も持て余すほどに大きくなっていた。

名人と呼ばれることになった与一であったが、その心は鬱々《うつうつ》として晴れなかった。

「おれは天下第一の弓矢使いではない」

ことあるたびに、そう言っては、ろくに飲めもしない酒を呷《あお》るようになっていた。どんなに酒を飲んでも酔えず、鬱憤《うっぷん》だけが澱《おり》のように溜《た》まって行く。

「天下第一の弓矢使いではない」という言葉は、謙遜《けんそん》でも与一の思い違いでもなく、正真正銘の事実であった。

与一の腕前は、遠く飛衛に及んでいない。与一の矢が蠅《はえ》を射貫けば、飛衛は蚤《のみ》を射殺して見せる。与一が一歩前に進む間に、飛衛は十歩も進んでしまうのだ。

入門したときより与一と飛衛の差は広がっていた。

「信じられん」

与一は我が目を疑う。信じたくはないが、飛衛はいまだに上達し続けていた。与一がどんなに鍛錬を積もうと、師の背中すら見えないのだ。

「なぜだ？」

いくら考えても分からなかった。そして、いつの日からか、与一は飛衛を恨むようになっていた。

師が何をしたわけでもない。昔と変わらぬやさしい師であった。ただ、飛衛がいるかぎり、自分は天下第一の弓矢使いになれぬと思った。

思い詰めた与一の取るべき道は一つしかなかった。

ある夜、与一は飛衛の寝静まるのを待って刀で師の胸を刺そうと考えた。飛衛がいなければ、何もかもが上手く行くと思い詰めたのだった。

名人である飛衛が与一に気づかぬはずはないのに、師はぴくりとも動かなかった。与一は気配すら消していない。そんなことすら、考える余裕がなかったのだ。

見れば、与一の手は震えている。

殺そうとやって来たものの、目の前に横たわる飛衛は、幼いころに死んでしまった父のようであり、どうしても刀を突き刺すことができなかった。

しかし、今さらやめるわけにはいかぬ。ここで退《ひ》いたら、天下第一の弓矢使いになれないのだ。

一刻二刻と嫌な汗を流し続けた後、与一は自分でおのれの背中を押すように呟いた。

「天下第一の弓矢使いになるのだ」

与一の腕が傀儡《くぐつ》人形のように動き、握る刀の先の刃が飛衛の胸に吸い込まれた。

「死んでくれ」

掠《かす》れる声で与一は呟いた。

飛衛は穏やかに目を開けると、自分を殺しに来た弟子に言葉をかけた。

「今から与一、おまえが天下第一の弓使いだ」

師の最期の言葉だった。

次の瞬間、老人とは思えぬほど大量の血が飛衛の胸から噴き上がった。ぶしゅりッと音を立てて噴き上がった毒々しいまでに赤い血が与一の顔に化粧を施す。

窓から射し込む青白い月光の下、与一はおのれが本物の獣《けだもの》となってしまったことを知った。


役人に金を握らせたのが功を奏し、飛衛の死は自殺と片づけられ、天下第一の弓使いとなったが、やはり仕官することはなかった。

それどころか、微《かす》かに交流のあった里の人々とも付き合いを断ち、深い山に籠《こ》もってしまった。

山中で修行に打ち込んでいると人々は考えたようだが、飛衛を殺して以来、弓矢を握ることとさえなくなっていた。

妻を捨て見殺しにし、師を手にかけた与一は獣である。

(獣が人の里にいてはならぬのだ)

ましてや、獣は弓矢など握らぬ。与一は人里を捨て、山で暮らすつもりでいた。もちろん、長く暮らすつもりはない。飲まず食わずで、一刻も早く死ぬつもりであった。

山の獣に喰《く》い殺されてもいい。

つまりは、死に場所を求めて、与一は無人の山をさ迷い歩いた。

ひと思いに死んでしまおうかと何度も考えたが、そのたびに、この世にいないはずの妻と飛衛が現れ与一の邪魔をした。

死のうとする与一の前に現れ、「死んではならぬ」と繰り返す妻と飛衛の幻は、何を望んでいるのか分からない。もしかすると、自分たちを殺した与一のことを苦しめて笑っているのかもしれぬ。

与一は自分の殺した二人の幻を連れて山を歩き続けた。

もはや天下第一の弓矢使いになることも、仕官する野心も与一にはない。一刻も早く死ぬことだけが望みだった。

しかし、いつまで経《た》っても与一は死ねなかった。喉《のど》が渇き、胃の腑《ふ》が潰《つぶ》れるほどに腹が減っているのに、与一は生き続けた。

人の世で暮らさぬかぎり暦などないが、与一が山に入ってから、すでに半年は経っているはずである。その間、飲まず食わずであるのに与一は死ねぬのだ。

「天罰か」

掠れた声で与一は呟《つぶや》いた。そして、引き攣《つ》ったような笑いが込み上げて来た。

おのれの野望のために、妻を見捨て師を殺した与一に与えられた天罰は死ねぬことらしい。飢えや苦しみは残っているのだから、これほどまでに残酷な罰もあるまい。

「勝手にするがいい」

与一は天とやらに唾《つば》を吐いてやった。人を苦しめることしか知らぬ天などに、祈る必要も謝る必要もない。

死ねぬのなら飢えや渇きを我慢する必要はない。与一は木の実を口にしたが、食えなかった。身体が木の実を受けつけないのだ。与一は咳《せ》き込みながら、木の実を吐き捨てた。

せめて水でも飲もうと池に近づくと、水面に、馬ほどもあろうかという巨大な一匹の人喰い虎が映っていた。一瞬、逃げかけたものの、すぐにその人喰い虎がおのれの姿だと与一は気づいた。

(木の実を食えぬのも当たり前だ)

ぼんやりとした頭で与一は思った。人喰い虎が人以外の物を食える道理がない。人を喰う以外に、腹を満たす方法はあるまい。

それから、何日もの間、与一は餌となる人の子を求めて山をさ迷い歩いた。人の来ない山だけあって、誰一人として見つけることはできない。

もはや、与一の脳裏に死のうという思いはなかった。一刻も早く、人を喰らい、飢えた胃袋を満たしたかった。

腹を減らし、人里へ降りようかと思い始めた与一の耳に、

ぼろん――

――と、悲しげな音が聞こえた。

どこからともなく、一匹の女狐《めぎつね》が現れた。野狐とは思えぬほどの美しい毛並みをしている。

女狐のはるか後方で法師が琵琶《びわ》を弾いているが、その法師の顔は霞《かす》んでよく見えない。

人喰い虎である与一を恐れる素振りもなく、女狐は話しかけて来た。

――あなたの力を貸してください。

女狐が何を言わんとしているのか与一には分からない。

与一は女狐に問いかけてやった。

「おまえは何だ？」

不思議なことに人の言葉が使えた。人喰い虎の姿をしながら、人の言葉を使うおのれが滑稽《こっけい》に思えた。

（この女狐を喰ってやろうか）

ふざけ半分に思ったはずなのに、与一の腹の虫が激しく鳴いた。与一の身体は女狐の血肉を求めているのだ。木の実は食えぬが、女狐の肉ならば食えるらしい。

人喰い虎の本能の命じるまま、与一は女狐に襲いかかった。人であったことなど、もはや与一の記憶にはない。

――乱暴ですわ。

女狐はそう言うだけで逃げる素振りも見せず、涼しい顔で与一を見ている。

「逃げぬのか？」

女狐を組み敷きながら、与一は聞いた。

――必要ないわ。

女狐は平然と言葉を返す。

「ならば、喰ってやろう」

与一は牙《きば》を剝《む》き出しにした。

女狐の喉に、牙が突き刺さる刹那《せつな》、女狐の身体が、

ピカッ――

――と、青白い光に包まれた。

目の前で、青白い光は星形となった。京の都を知る者なら、誰もが、この星形の紋に見おぼえがあるはずであろう。

「晴明桔梗《せいめいききよう》……」

与一の口から陰陽師《おんみようじ》の家紋の名が零《こぼ》れた。

「まさか」

与一の呟きを吸い込むように、人喰い虎に組み敷かれている女狐の身体が、

ぐにゃり――

――と、歪《ゆが》んだ。

訳の分からぬ恐怖に駆られ、女狐から飛び退いた。

みるみるうちに女狐の姿が人のカタチとなって行く。どこか遠くから、こんッと狐の鳴き声が聞こえたが、気にしている余裕がない。ぐにゃりぐにゃりとカタチを変える女狐から、目を離すことができなかった。

何が起こっているのか分からぬ与一をよそに、女狐は一人の女人——それも、見るからに身分のある貴人となった。

女人は晴明桔梗を染め抜いた十二単《じゅうにひとえ》を身につけている。この世のものとは思えぬほど高貴で、美しい女人である。

女人の美しさに圧倒され、与一は言葉を失う。

そんな与一を見て、女人は独り言のように名乗った。

「葛葉姫《くずのはひめ》」

名乗られたところで、世事に疎く、貴人などと付き合いのない与一には誰なのか分からない。

それでも、身分違いの相手には膝《ひざ》を屈するようにすり込まれている与一のことで、人喰い虎となった我が身を忘れ、地べたにひれ伏した。生まれ育ったときから馴染《なじ》んだ土のにおいが鼻をつく。

女狐——葛葉姫は先刻と同じ台詞《せりふ》を口にする。

「力を貸してください」

女人の言葉は、逆らうことのできぬ命令のように聞こえた。

ひれ伏したまま与一は答える。

「力？　何をすれば？」

「平家に仕えるのです」

「馬鹿な」

思わず鼻で笑った。女の言葉が滑稽で仕方なかったのだ。人の姿であったときでさえ、歯牙《しが》にもかけられなかったというのに、人喰い虎となった与一が、栄華を極める平家に仕えられるわけがない。

「せめて人の姿をしている者をお頼りください」

与一は言った。

「人の子に戻して差し上げましょう」

葛葉姫は言うと、一枚の枯れ葉を拾い上げた。

ひれ伏したまま覗《のぞ》き込むように女を見ていると、葛葉姫は枯れ葉をひらりと放り投げた。

胡蝶《こちょう》のように枯れ葉が、与一の方にひらりひらりと舞って来る。面妖《めんよう》ではあるが、与一に害をなそうとしているようには見えない。どうしていいのか分からず、枯れ葉を見つめていた。

葛葉姫の声が枯れ葉を追いかける。

「呪《しゅ》」

次の瞬間、音を立てて、枯れ葉が燃え上がった。その炎は青白いものだった。燃え上がれば燃え上がるほど、冷ややかに見える。触れたとたんに、与一など凍りついてしまいそうに思えた。

逃げ出したかったが、葛葉姫の目は「逃げるな」と言っている。

ひらひらと青白い炎に包まれた枯れ葉は、再び、胡蝶のように舞い、やがて与一の背中に降り立った。

背中の枯れ葉を振り払う暇《いとま》もなかった。

「炎《えん》」

葛葉姫の言葉が耳を打った。すると、いっそう信じられぬことが与一の身に起こった。

あっという間に、与一の身体が青白い炎に包まれたのであった。

青白い炎は勢いよく燃えているが、不思議なことに少しも熱くない。ただ、全身が凍りついたように動かず、言葉を口にすることもできぬ。

「枯れ葉を操るのは、狸《たぬき》どもだけではないわ」

葛葉姫は独り言のように訳の分からぬ言葉を呟《つぶや》いた。実際、独り言であったらしく、それ以上の言葉を口にしなかった。

見知らぬ女人の前で、与一は燃え続けた……。

四半刻《しはんとき》ほど燃えていただろうか。何の前触れもなく、不意に、与一を包んでいた青白い炎がぷつりと消えた。

青白い炎が消えたとたん、身体が生まれ変わったかのように軽くなったが、術はまだ終わっていなかった。

葛葉姫は新しく拾い上げた何枚かの枯れ葉を放り投げた。

枯れ葉が枯れ葉を呼び、気がつけば、何十枚、いや、百枚はあろうかという枯れ葉が宙を舞っている。

何が起きているのか分からず立ち尽くす与一の目の前で、
くるり、くるり——

――と、枯れ葉が舞う。

そのくるりくるりに向かって、葛葉姫は命じた。

「鏡《きょう》」

とたんに枯れ葉は水となり、与一の目の前で、大きな水鏡を作った。透き通るほどに澄んだ水鏡である。

水面《みなも》には与一が映っている。水面に映るおのれの姿を見つめた。飛衛に弟子入りしたばかりのころの若い身体が、そこにあった。

「もとに戻っている……」

信じられぬ思いで、水面のおのれの姿を見つめた。卑しい獣だったはずの与一の身体が、昔の人の子のものに戻っているのだ。

「これでよかろう」

満足げに、葛葉姫がうなずいた。

3

人の姿に戻った与一は清水寺《きよみずでら》の舞台の上に立っている。二度と触れることもないと思っていた弓矢を手にして、獣のような男と戦っていた。

刀を折られて降参するどころか、刀を捨てると、鬼麿とやらは素手で殴りかかって来た。与一のことを殴り倒すつもりらしい。

百姓同士の喧嘩《けんか》でもあるまいし、刀を折られた以上、負けを認めるのが剣士というものであろう。御前試合を見物している公達《きんだち》の中には、あからさまに眉《まゆ》を顰《ひそ》めている者もいる。

「愚かな」

言葉とは裏腹に、与一の顔に笑みが浮かんだ。

素手での殴り合いは嫌いではない。しかも、不思議なことに、鬼麿と相対していると心が躍るのだ。

武人は敵味方の区別なく、強い者を見ると心が躍るようにできているという。すると、武人の端くれとやらになれたようだ。

「愚か者に付き合ってやろう」

舞台の外に弓矢を捨てると、拳《こぶし》を握り締めた。

「なぜ弓矢を使わぬ？　情けをかけたつもりかッ」

獣のように吠《ほ》えながら、鬼麿は与一の頬を殴った。

鬼麿に殴りつけられながらも、与一は微動だにしない。

「ぬるい」

鬼麿に言ってやった。

打たれ強いわけではない。渾身《こんしん》の力をどんなに込めようと、怒声を上げながらでは力は半減してしまう。殴り合いをしたことがあれば、子供でも知っている理屈だ。鬼麿という男は、焦げつくような野心を持ちながら、殴り合いの喧嘩をしたことがないらしい。

鬼麿に言ってやる。

「素手で勝てると思ったから、弓矢を捨てたまでだ」

その言葉は嘘《うそ》ではない。弓矢を使うより、素手で戦った方が間違いなく鬼麿に勝てると思ったのだ。

貧しいとはいえ、武人として育てられた与一には侍としての矜持《きょうじ》とやらがある。術使いの陰陽師《おんみようじ》相手ならともかく、刀を失った剣士を弓矢で射貫くには躊躇《ためら》いがあった。躊躇いは隙を生む。隙を突かれぬためにも素手で相対した方がいいのだ。

「馬鹿な男だ」

鬼麿の唇が醜く歪《ゆが》んだ。笑ったつもりらしい。野心に燃えた男は、ときおり、こんな笑い方をする。

さらに、鬼麿の笑顔に妻を捨てたころの自分の姿が重なった。この男も何かを捨て、御前試合に臨んでいるに違いない。

捨ててはならぬ――。

「立身など下らぬぞ」

思いもかけぬ言葉が、与一の口から零《こぼ》れた。今まで考えたこともなかったが、その言葉は本心であった。もともと立身を望んだのは、妻によい暮らしをさせてやりたかったからなのだ。それがいつの間にか、立身や名声という名の化け物に心を奪われてしまった。

後悔先に立たず。今なら、捨てたものの大切さが分かる。天下第一の弓矢使いになるより、妻との暮らしを大切にした方がよかったのだ。

「今の暮らしを大切にしろ」

かつての愚かな自分に言った。獣となってからでは遅い。

しかし、昔の与一が立身に目が眩《くら》み他人の言葉を聞かなかったように、鬼麿も聞く耳を持たない。

「余計なお世話だ」

吐き捨てるように言うと、鬼麿は懐に呑《の》んでいたらしき小刀をぎらりと抜いた。その目は、殺意と野心でぎらついている。この男も引き返せないところまで来てしまったのかもしれぬ。

「鬼麿様ッ」

見物人の中から悲鳴が上がった。

間抜けそうな白い猫を連れた小娘が、困った顔で鬼麿のことを見ている。姉らしき美しい娘もいた。鬼麿には帰る場所があるらしい。

「ぽんぽこ……」

そう呟きながらも、鬼麿はしつこく小刀を構えている。

「卑怯《ひきょう》な真似《まね》など止《よ》せ。二度と帰れなくなるぞ」

与一は言うが、鬼麿の耳には届かない。鬼麿は手が白くなるほどに小刀を握り締めている。

鬼麿が与一を刺そうと、小刀を手に動きかけたとき、先刻とは別の女の声が聞こえて来た。

「鬼麿ッ」

姉らしき美しい娘が、泣きそうな顔をしている。死んでしまった与一の妻と娘の顔が与一の脳裏で重なった。

娘の声を聞いて、ほんの一瞬、鬼麿は困ったような顔を見せたが、すぐに首を振り、独り言のように呟《つぶや》く。

「いつまでも鬼斬りなんてやっていられない……」

その声は泣いているようにも聞こえる。

「おぬしが鬼斬りか……」

独り言のように、与一は呟いた。

鬼の類を退治して銭を稼ぐ者のことは、与一も聞いていた。

人外の魔物相手に命をかけながら、たいした銭ももらえず、〝おにぎり、ちょうだい〟だの〝もののけ、ちょうだい〟だのと馬鹿にされている。

この点については、馬鹿にする方が間違っているのだ。遠い昔、今で言うところの武士の歴史は化け物退治から始まっている。唐《もろこし》で神と仙人、妖《あや》かしが二つに分かれて合戦をしたときに、刀を片手に戦った日本の武士もいたらしい。

さらに、どこまで本当か分からぬが、平家ももともとは鬼斬りの一族であったと聞く。

桓武平氏《かんむへいし》の一門で、一時は関東一帯を勢力下に置き、自ら〝新皇〟と称した平将門《たいらのまさかど》も凄腕《すごうで》の鬼斬りであったという。

「平家？　まさか……」

不意に、一つの名が脳裏に浮かび上がった。

「相馬小次郎《そうまこじろう》」

与一の口から言葉が落ちる。かつて平将門が名乗ったとされている名である。〝相馬〟を名乗る凄腕の鬼斬りの正体は想像がつく。

「鬼麿とやら、おぬし――」

しかし、最後まで言うことはできなかった。小刀を片手に、鬼麿が襲いかかって来たのだ。

「本気で刺す気があるのか」

与一は眉を顰《ひそ》めた。

人を殺すことに躊躇いがあるのか、はたまた、おのれの野心を持て余しているのか、鬼麿の刃《やいば》に力はない。

「きさまでは力不足だ」

与一は鬼麿を殴りつけてやった。

呆気《あっけ》なく、鬼麿の身体は地べたに転がった。素手と小刀であろうと、二人の間には天と地ほどの力の差がある。

「同じことを言わせるな、愚か者。命が惜しければ、やめておけ」

「命などいらぬッ」

傷ついた身体に鞭打《むちう》つように跳ね上がると、再び、斬りかかって来た。

「死ぬがいいッ」

鬼麿は怒声を上げるが、与一には余裕がある。

「無駄な真似を。――よほど命がいらぬと見える」

与一はため息をついた。

弓矢の名手は目がよいものと相場が決まっている。ましてや、天下第一の弓矢使いである与一は隣家の蚤《のみ》の動きさえ見切ることができる。鍛え上げられた与一の目から見ると、鬼麿の動きは蠅《はえ》がとまるほどに遅い。鬼麿が与一に勝てぬのは、火を見るより明らかである。

「相馬ならば手加減はいるまい」

そう呟くと、鬼麿の小刀を握る右の手首に目がけて手刀を落とそうとした。その手から小刀を奪い取り、相馬鬼麿を刺し殺すつもりだった。

合戦の場で、武器を失い、敵の刀槍《とうそう》を奪い取ることなど珍しくもない。与一は師より、相手の武器を奪い取る技も伝授されていた。ろくに武術を知らぬ鬼麿の小刀を奪い取ることなど、赤子の手を捻《ひね》るより容易《たやす》い。

渾身《こんしん》の力を込めた与一の手刀が、鬼麿の右の手首に打ち下ろされた。

肉を打つ音が聞こえ、鬼麿の手から小刀は離れる。手を伸ばせば、小刀は与一の手中に収まるはずのところにある。

が、小刀を奪い取ることができなかった。鬼麿の手を離れた小刀は誰の手にも収まらず、からんと空しい音を立てて、清水寺の舞台の上に転がった。

地べたに転がった小刀を追いかけるように、与一の口もとから、つつつと血が滴り落ち、千切れるような痛みが腸《はらわた》に走った。息が苦しくなり、視界がぐにゃりと歪んだ。

「弓矢使いごときを倒すのに、小刀などは無用」

鬼麿の言葉が耳を打つ。

肉を斬らせて、骨を断つ――。

鬼麿は自分の右手を囮《おとり》にし、左の拳《こぶし》で与一の脾腹《ひばら》を殴ったのだ。鬼麿の左の拳は正確に与一の急所を打ち抜いている。どんなに身体を鍛え上げようとも、しょせんは生身の身体である。もはや、与一は動くこともできない。急所を打ち抜かれた時点で負けは決まった。

「馬鹿な……」

与一には信じられない。剣術使いがおのれの利き手を犠牲にするなどという話を聞いたことがなかった。

油断したわけではない。鬼麿が常識外れなのだ。

「これで終わりだ」

囁《ささや》き声のような呟きとともに、鬼麿の身体が、

すう――――

――――と、沈んだ。

そして、与一の懐でつむじ風のように鬼麿の身体がくるりと回った。鬼麿の殺気が、与一を貫く。

声を上げる暇《いとま》もなく、与一の鳩尾《みぞおち》を鬼麿の肘《ひじ》が打ち抜いた。先刻の拳で動きを止めていた与一の足が、がくりと砕けた。

暗闇に落ちて行く耳に、飛衛の声が聞こえて来た。

（まだまだ修行が足らぬな）

飛衛の声はやさしく、再び、自分のもとで修行をしろと言っているように聞こえた。

気を失いかけた暗闇の中で、与一の妻も言う。

（もう一度、やり直せばいいわ）

二人の顔が与一の脳裏に思い浮かんだ。

「やり直せるのか？」

口から言葉が零《こぼ》れ落ちた。それから、一瞬の間を置いて、おのれの言葉を追いかけるように、与一は地べたに崩れ落ちた。

後には暗闇だけが残った。

4

「勝者、相馬鬼麿殿」

清水寺の舞台の上に、立会人の朗々たる声が響いた。一瞬の間を置いて、見物人たちのざわめきが波紋のように広がる。

兵《つわもの》どもが夢の跡――。平清盛の御前試合を制したのは、名もなき鬼斬りの相馬鬼麿であった。

勝者とは思えぬほど、鬼麿は全身に傷を負っている。常人であれば、立っていることもできないほどの傷である。それでも、他人の手を借りずに、おのれの足で御前試合の舞台から下りた。

全身に負った傷のせいで、出迎えてくれた人々の顔が歪《ゆが》んで見える。歪んで見える人々の中から、一人の身形《みなり》のよい侍が進み出た。おそらくは平家の侍であろう。

平家の侍は言う。

「相馬殿、見事な試合であった。今日からともに平家のために戦おうぞ」

鬼麿は無言で頭を下げた。傷だらけのおのれの姿を見るかぎり、到底、「見事」とは思えなかった。与一に打たれた右の手首は赤く腫《は》れ上がっている。しばらく刀を握ることもできまい。

「ついて参れ」

と、平家の侍が背を向け歩き出したとき、歪んだ人々の中から、また一人、人影が進み出て来た。

鬼麿の目に飛び込んで来たのは、今は会いたくない娘の顔であった。

「鬼麿様」

ぽんぽこは鬼麿の名を呼んだ。

しかも、現れたのは狸娘だけではない。

狸娘の後ろには、采女《うねめ》と白額虎《はくがくこ》の姿も見える。立ち合い中に聞こえた声は、幻ではなかったらしい。

「どうして、ここへ来た？」

鬼麿は戸惑う。清盛の御前試合に出るなどとは、ぽんぽこにも采女にも一言たりとも伝えていない。

「鬼麿こそ、どうして黙っていたのよ⁉」

采女が問い返す。

返事のしようもなかった。自分でも、なぜ、ぽんぽこや采女の目を盗むようにして御前試合に出たのか分からない。ただ、おのれの野心のために、人と殺し合う姿を二人に見られたくなかったことだけは確かである。

無言となった鬼麿を見つめる狸娘と采女の代わりに口を開いたのは、どこからともなく現れた泰親《やすちか》だった。

「采女はんたちを連れて来たのは、この泰親のしわざでおます」

安倍晴明《あべのせいめい》の子孫は涼しい顔をしている。

「陰陽師《おんみようじ》……」

鬼麿は首を振る。泰親の考えていることは化け物以上に訳が分からぬ。清盛の御前試合に口を利いてくれたことといい、なぜ、ここまで鬼麿たちに肩入れするのか見当もつかない。

そもそも、住んでいる世界が違うというのに、再三再四と、泰親は鬼麿たちにちょっかいを出して来るのだ。

「何を企《たくら》んでいる、陰陽師？」

「人聞きの悪いことを言うたらあきまへん」

泰親はまともに答えない。

だが、一つだけ分かっていることがあった。

ぽんぽこや采女と愛宕山《あたごやま》に帰れば、一生、うだつの上がらぬ鬼斬りとして生きて行かなければならないであろう。食いたいものも食えず、ぽんぽこや采女に着物一つ買ってやれぬ暮らしが待っている。老いや病で刀を握れなくなれば、飢え死ぬより他にない暮らしである。

いや、死ぬことが怖いのではない。貧しさのために、采女を死なせるかもしれぬということが恐ろしいのだ。泰親の見せた明日の景色が、鬼麿の脳裏に焼きついて離れない。

「山へ帰ろう」

采女が手を差し出す。

幼いころから剣術修行ばかりやっているくせに、采女の手は白魚《しらうお》のように美しい。傷どころか、染み一つついていない。傷だらけで、血に塗《まみ》れている鬼麿の手とは違う。

采女の手を見るたびに、鬼麿は昔のことを思い出す。

ほんの数年前、本物の子供だった鬼麿は辻占《つじうらな》いの老婆に連れられ都へ行くたびに「鬼斬り、鬼斬り」と笑われた。同じ人の子だというのに、血統だけで差別されることが悔しくて、都へ行くたびに泣いていた。

泣いたところで、鬼麿は捨て子である。慰めてくれる父母はいない。母代わりのはずの辻占いの老婆は、鬼麿が泣くたびに顔を顰《しか》めた。

「みっともない」

そんなふうに叱りつける辻占いの老婆の目を盗むように、采女は鬼麿の手を握ってくれた。

いまだに、采女の手の温かさは鬼麿の手に残っている。采女の手の温《ぬく》もりがあったからこそ、生きて来られたのだ。

——その手で人を殺すのかのう。

鬼麿の心を読んだようなことを白額虎は言った。唐の仙人や妖《あや》かしの合戦で活躍しただけあって、白額虎は武人というものをよく分かっている。平家の武士になったということは、人を殺すということなのだ。

白額虎の言葉に、ぽんぽこが目を丸くする。

「人を殺すのでございますか？」

困った顔でぽんぽこが鬼麿を見る。

妖かし二匹の言葉が胸に突き刺さる。

どんなに言葉を飾ったところで、武士の仕事は人を殺《あや》めることなのだ。人に害をなす化け物相手の〝もののけ、ちょうだい〟の鬼斬り稼業とは訳が違う。これから鬼麿はおのれの立身のために、人を殺さねばならぬ。

ソハヤノツルギを小屋に置いて来たのは、鬼麿なりの別れの挨拶《あいさつ》だった。

人を殺してしまえば、采女に合わせる顔はない。稼いだ銭だけ送り、二度と采女やぽんぽこと会わぬつもりでいた。

愚かな自分の代わりに、たった一つの持ち物であるソハヤノツルギを、采女の近くに置き続けて欲しかったのだ。

返事ができぬ鬼麿を見て、気を取り直したようにぽんぽこは言う。

「鬼麿様、ぽんぽこはお腹が空《す》きました」

狸娘の腹の虫が、ぐるるぐるると悲しげに鳴いている。

（また腹を減らしているのか）

鬼麿はぼんやりと狸娘の顔を見た。どんな腹をしているのか、ぽんぽこは二六時中、腹を減らしている。

ぽんぽこは言う。

「早く帰って、玉子焼きを作ってくださいませ」

鬼麿の脳裏に、狸娘に飯を作ってやった日々が蘇《よみがえ》る。

ほんの一瞬、心の底が、ぽっと温かくなったが、今の鬼麿にとってその温かさはまるで夢のようだった。……そう、きっと夢だったのだ。覚める夢なら、自分の手で覚ました方がいい。

鬼麿は狸娘に言葉を返す。

「もう作ってやれぬのだ。すまぬ、ぽんぽこ」

「鬼麿様……」

くしゃりと狸娘の顔が歪《ゆが》んだ。

見れば、両の眼《まなこ》に涙を溜《た》めている。鬼麿が何を言わんとしているのか、ぽんぽこにもようやく分かったらしい。

「鬼麿、あなた――」

何か言いかけた采女の言葉を遮り、鬼麿は言う。

「采女、ぽんぽこを頼む」

早く来い、と平家の侍が鬼麿の名を呼ぶ。あの声の向こうに、新しい人生があるのだ。

――行ってしまうつもりかのぅ？

白額虎の言葉が鬼麿を連れ戻そうとするが、もう遅い。愛宕山に戻るつもりはなかった。

無言のまま狸娘たちに背を向けると、平家の侍を追いかけた。

つづく

次巻『おにぎり、ぽろぽろ』
ぽんぽこの秘密が明らかに⁉
乞うご期待‼

作中の護符については『霊符全書』（大宮司朗／著　学習研究社）より引用しました。

本作は書き下ろしです。

おにぎり、ちょうだい
ぽんぽこ もののけ陰陽師語《おんみようじがた》り

高橋由太《たかはしゆた》

角川文庫 17725

平成二十四年十二月二十五日 初版発行

発行者―井上伸一郎
発行所―株式会社角川書店
東京都千代田区富士見二―十三―三
電話・編集 (〇三)三二三八―八五五五
〒一〇二―八〇七八
発売元―株式会社角川グループパブリッシング
東京都千代田区富士見二―十三―三
電話・営業 (〇三)三二三八―八五二一
〒一〇二―八一七七
http://www.kadokawa.co.jp
印刷所―旭印刷 製本所―BBC
装幀者―杉浦康平

た 62-4 ISBN978-4-04-100622-1 C0193

角川文庫発刊に際して

角川源義

第二次世界大戦の敗北は、軍事力の敗北であった以上に、私たちの若い文化力の敗退であった。私たちの文化が戦争に対して如何に無力であり、単なるあだ花に過ぎなかったかを、私たちは身を以て体験し痛感した。西洋近代文化の摂取にとって、明治以後八十年の歳月は決して短かすぎたとは言えない。にもかかわらず、近代文化の伝統を確立し、自由な批判と柔軟な良識に富む文化層として自らを形成することに私たちは失敗して来た。そしてこれは、各層への文化の普及滲透を任務とする出版人の責任でもあった。

一九四五年以来、私たちは再び振出しに戻り、第一歩から踏み出すことを余儀なくされた。これは大きな不幸ではあるが、反面、これまでの混沌・未熟・歪曲の中にあった我が国の文化に秩序と確たる基礎を齎らすためには絶好の機会でもある。角川書店は、このような祖国の文化的危機にあたり、微力をも顧みず再建の礎石たるべき抱負と決意とをもって出発したが、ここに創立以来の念願を果すべく角川文庫を発刊する。これまで刊行されたあらゆる全集叢書文庫類の長所と短所とを検討し、古今東西の不朽の典籍を、良心的編集のもとに、廉価に、そして書架にふさわしい美本として、多くのひとびとに提供しようとする。しかし私たちは徒らに百科全書的な知識のジレッタントを作ることを目的とせず、あくまで祖国の文化に秩序と再建への道を示し、この文庫を角川書店の栄ある事業として、今後永久に継続発展せしめ、学芸と教養との殿堂として大成せんことを期したい。多くの読書子の愛情ある忠言と支持とによって、この希望と抱負とを完遂せしめられんことを願う。

一九四九年五月三日